KB182934

들개들의 숲

책 읽는 교실 26

들개들의 숲

초판 1쇄 발행 • 2025년 1월 31일

글 • 김근혜
그림 • 신진호

펴낸곳 • 보랏빛소
펴낸이 • 김철원
책임편집 • 김이슬
디자인 • 진선미
마케팅·홍보 • 이운섭

출판신고 • 2014년 11월 26일 제2015-000327호
주소 • 서울시 마포구 양화로1길 29 2층
대표전화·팩시밀리 • 070-8668-8802 (F)02-323-8803
이메일 • boracow8800@gmail.com

• 이 책의 판권은 저자와 보랏빛소에 있습니다.
• 저작권법에 의해 보호 받는 저작물이므로 무단전재와 복제를 금합니다.
• 책값은 뒤표지에 있습니다. 잘못된 책은 구입한 곳에서 바꾸어 드립니다.

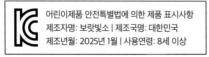

어린이제품 안전특별법에 의한 제품 표시사항
제조자명: 보랏빛소 | 제조국명: 대한민국
제조년월: 2025년 1월 | 사용연령: 8세 이상

* 본 도서는 (재)전북특별자치도문화관광재단 2024년 지역문화예술육성지원사업에
  선정되어 보조금을 지원 받은 사업입니다.

들개들의 숲

김근혜 글 • 신진호 그림

보랏빛소 어린이
Borabit Cow

작가의 말

　어릴 때 강아지를 키웠어요. 이름은 뽀삐! 뽀삐는 촉촉하게 젖은 까만 코에 반쯤 접힌 삼각형 귀와 서리태 같은 까만 눈동자를 가진 귀여운 황구였어요. 뽀삐는 우리 세 남매의 사랑을 듬뿍 받았지요. 그러던 어느 날, 뽀삐가 시름시름 앓더니 홀연히 세상을 떠나고 말았어요. 그날은 제가 세상에 태어나 가장 많이 울었던 날이었지요.

　시간이 흐르고 우연히 TV에서 대형견 한 마리와 고양이 한 마리가 길에 쓰러져 있는 개 한 마리를 둘러싼 장면을 봤어요. 방송에서는 개와 고양이가 차에 치인 개를 보호하듯 지키고 있다고 했지요. 그 장면이 한동안 제 머릿속에서 떠나지 않았어요. 어릴 때 죽은 뽀삐 생각이 나고, 개와 고양이의 관계가 너무 궁금했거든요. 그들이 함께 다니는 건 흔한 일이 아니니까요.

　궁금증이 커질수록 상상력도 커졌어요. 쓰러진 개가 찾아와 제게 말을 건넸어요. 곁을 지키던 개와 고양이도 자기 이야기를 들려주었지요. 결국 쓰지 않고서는 견딜 수 없었던 그들의 이야기를 긴 시간을 들여 완성했습니다.

　도시의 유기견과 유기묘는 인간의 편리에 의해 버려진 동물이에요. 귀엽고 예쁜 것을 소유하고 싶은 인간의 욕망이 수많은 유기 동물을 만들었어요. 그럼에도 그들은 나름의 방식으로 삶을 살지요. 그런데 그것마저 인간에게 위협이라며 구석으로 내몰렸어요.

언제 차에 치일지, 학대를 당할지 알 수 없는 그들을 어떻게든 돕고 싶었던 저는 유기 동물이 마음 놓고 살 수 있는 공간을 만들었어요. 그곳이 바로 들개들의 숲인 '섬숲'이에요. 하지만 그곳 또한 인간의 이기심으로 점점 병들어 가고 있었습니다.

이곳에서 라도와 보리가 행복하게 살 수 있도록 여러분의 응원과 실천이 필요해요. 남들이 사니까, 그저 귀엽다는 이유로 반려동물을 키우는 건 아닌지 생각해 봐요. 하나의 생명을 책임지는 일에는 막중한 책임감이 따라요. 아니면 말지 식의 무책임은 귀한 생명을 무참히 짓밟는 일이랍니다.

오늘도 인간에 의해 태어나고 버려지는 수많은 동물을 생각하며 라도에게 용기를 주세요. 여러분의 마음에 생명의 소중함과 책임감이 더욱 커질 거예요.

김근혜

차례

섬숲으로

라도는 아까부터 도로변을 왔다 갔다 하며 마른침을 삼켰다. 6차
선 도로 위로 차들이 쌩쌩 지나갔다. 어찌나 빠른지 몸이 좌우로 흔
들릴 정도였다. 생태 통로가 있다는 얘기는 들었지만 찾지 못했다.

올해 여름은 일찍 시작됐다. 더위는 도시를 찜통으로 만들었다.
사람들은 찜통 같은 더위를 피해 건물로 들어갔다. 라도도 더위를
피해 그늘로 숨었다. 그러나 후끈하고 끈적한 도시의 열기를 피하
기에는 역부족이었다.

라도는 오랜 고민 끝에 길을 나섰다. 건물 사이를 빠져나와 후미
진 길을 걷고 또 걸었다. 걷다 보니 한적한 시골길이 나왔다. 그곳
에 서서 유리도시를 바라봤다. 강렬한 태양 빛이 건물 유리에 쨍하

고 반사되었다. 라도는 그 빛을 뒤로하고 다시 길을 걸었다.

밤에는 이슬을 피해 길에서 한뎃잠을 잤다. 하루 종일 걸은 탓에 꿈도 꾸지 않고 다디단 잠을 자고 일어나니 아침이었다. 먼지를 털어 내고 라도는 다시 걸었다. 그렇게 꼬박 이틀 걸려 지금 여기, 6차선 도로 앞까지 온 것이다. 도로 너머로 초록 모자를 뒤집어쓴 것 같은 숲이 보였다. 섬숲이었다.

도로 앞에서 라도는 크게 한숨을 내쉬었다. 넓은 도로를 보고 있자니 막막했다. 발을 내밀면 퍽 하고 차에 치일 것 같아 다리가 덜덜 떨렸다.

'돌아갈까?'

망설이던 바로 그때였다. 난데없이 고양이 한 마리가 다가왔다. 바나나색 바탕에 그보다 진한 노란 줄무늬를 한 고양이였다.

"너도 이 도로 건너려고?"

고양이가 새침하게 물었다. 라도는 어찌할 할 바를 몰라 고개를 돌렸다.

"아님 말고."

고양이가 슬그머니 라도 옆으로 왔다. 라도는 흠칫 놀라며 게걸음을 했다.

"애옹, 차가 진짜 많네!"

라도는 자꾸 혼잣말을 하는 고양이를 곁눈질했다. 몸집은 작지만

날카로운 눈빛이 보통은 넘어 보였다.

"너도 여기 처음이니? 난 처음이거든."

고양이가 또 말을 걸었다. 이번에는 한결

낮낮한 목소리였다.

"나, 나도 그래."

목이 말라서 목소리가 갈라져 나왔다.

도로변으로 시원한 바람이 불어왔다. 바람은

라도의 금빛 털을 쓸고 지나갔다. 빳빳하고 짧은 고양이 털도 부드럽게 쓰다듬었다. 기분이 좋은지 고양이 눈이 반달이 됐다.

그때 검은색 차 한 대가 도로 끝에 바짝 붙어 쌩하니 지나갔다. 놀란 라도가 휘청거렸다.

"하하하하하!"

고양이가 바닥을 구르며 웃었다. 라도는 고양이를 째려봤다. 어찌나 얄밉게 웃는지 꿀밤을 먹이고 싶었다.

"근데 여길 지나갈 수 있을까? 고양이 할아버지가 와도 못 건널 것 같은데."

라도도 마침 그런 생각을 하고 있었다. 넓은 도로에 차도 많고 속도도 빨랐다. 차가 뜸한 한밤중이나 새벽이면 모를까, 대낮은 어려워 보였다.

"아참! 인사가 늦었네. 내 이름은 보리야. 내 털색이 노랗게 익은 보리 같다고 엄마가 지어 준 이름이야."

보리가 턱을 한껏 치켜올리며 말했다.

'보리!'

보리 목소리에 자랑스러움이 묻어났다.

"애옹, 넌 이름이 뭐야?"

보리가 슬그머니 물었지만 라도는 헛기침을 하며 딴청을 피웠다. 발끝에 과자 봉지가 걸려서 바람에 펄럭거렸다. 아무 냄새도 안 나는 걸 보니 버려진 지 오래돼 보였다.

둘은 한참이나 말이 없었다.

"난 사실 섬숲에서 누군가를 꼭 찾아야 해."

이번에도 보리가 침묵을 깼다. 그 말은 섬숲에 꼭 가야 한다는 뜻
이었다. 할매의 유언만 아니면 굳이 섬숲에 갈 이유가 하등 없는 라
도와는 달랐다. 가는 이유가 있다는 것은 삶의 목표가 있다는 거다.
목표 있는 삶을 사는 보리가 라도는 부러웠다.

"누굴 찾는데?"

"음! 아직은 비밀. 그러는 넌?"

"난……."

라도는 문득 주인이 생각났다.

라도는 애견 가게에서 주인을 만났다. 그날은 벚꽃 잎이 눈꽃처럼
흩날렸다. 가게 창가에서 꾸벅꾸벅 졸고 있던 라도는 풍경 소리에
놀라 고개를 돌렸다. 그때 하얀 얼굴에 긴 머리카락을 한 여자와 눈
이 마주쳤다.

"저 개로 주세요."

여자는 들어오자마자 라도를 가리켰다.

"지금은 새끼라서 작지만, 래브라도 리트리버는 대형견이에요.
괜찮으시겠어요?"

"상관없어요."

라도는 곧 여자의 품에 안겼다.

"어쩜 이렇게 귀여울 수가 있지?"

라도도 달콤한 냄새가 나는 주인이 마음에 들었다. 주인 집은 새끼 라도가 살기에 무리 없는 크기였다. 하지만 하루가 다르게 라도가 성장하자 집은 점점 좁아졌다.

"제발 좀 그만 커 주면 안 되겠니?"

주인의 짜증은 날이 갈수록 심해졌다. 라도를 향해 고함을 지르거나 매를 휘두르는 일도 빈번했다. 라도는 주인의 발길질을 피해 도망을 치다가 거울을 깨고 화장품을 넘어뜨리기도 했다. 그런 일상이 반복되던 어느 날, 주인은 라도를 차에 태워 고속도로 갓길에 버렸다. 라도는 주인 차를 쫓아가다가 차에 치여 도로 아래로 굴러떨어졌다.

다친 라도를 구한 건 떠돌이 개 할매였다. 털이 눈을 덮어 앞이 잘 안 보이는 할매가 라도를 발견할 수 있었던 건, 그나마 나은 청력 덕분이었다. 끙끙 앓는 소리에 수풀을 헤쳐 보니 라도가 초죽음이 되어 쓰러져 있었다.

"오매, 다 죽게 생겼네."

할매는 라도를 발견하자마자 상처부터 핥았다. 그렇게 몇날 며칠 간호를 했다.

"이제 좀 정신이 좀 드냐? 나흘 만이야. 끙끙 앓으면서도 어찌나 주인을 찾던지. 눈물 없이는 못 볼 광경이었다."

라도는 낯선 할매가 무서워 도망치려 했지만 부러진 다리 때문에 그럴 수가 없었다. 몸이 다 나은 후에도 라도는 할매 곁을 떠나지 못하는 처지가 되었다. 유일한 가족이라고 믿었던 주인에게 버려진 지금, 믿을 데라고는 할매뿐이었다.

"으이그. 덩치는 산만 한 게 뭔 겁이 그리 많은지!"

할매는 혀를 차면서도 라도를 내치지 않았다.

라도는 할매가 있어서 얼마나 다행인지 몰랐다. 하지만 문득문득 주인 생각이 나는 건 어쩔 수 없었다.

"사연이야 어떻든 섬숲에 가는 건 같잖아. 이런 걸 한배를 탄 사이라고 하나?"

보리가 히죽 웃었다.

"어떻게든 엮으려고 하지 마. 난 혼자가 편하니까."

라도가 새겨들으라는 듯 또박또박 말했다. 하필 그때 트럭이 굉음을 내며 지나갔다.

"애옹? 뭐라고 했어?"

보리가 뾰족한 귀를 세웠다. 라도가 다시 말하려는데 보리는 듣지도 않고 도로 위로 성큼 올라섰다.

"우리 내기하자. 내가 먼저 건너면 나한테 형님이라고 부르는 거야. 어때?"

보리의 뜬금없는 제안에 라도가 꼬리를 빳빳하게 세웠다.

"뭐? 난……."

따로 가자고 하려는데 보리가 엉덩이를 뒤로 죽 빼고 도로를 달렸다. 보리는 눈 깜짝할 사이에 3차선을 지나 도로 중앙에 도착했다. 그러고는 곧 반대편 도로를 살폈다. 라도도 보리 시선을 따라 고개를 돌렸다. 멀리서 검은색 차 한 대가 엄청난 속도로 달려왔다.

"보리, 조심해!"

라도가 외치는 소리에 막 발을 떼던 보리가 주춤했다. 그사이 검

은색 차가 보리를 향해 바싹 다가갔다.

"안 돼!"

놀란 라도는 저도 모르게 도로로 뛰어들었다. 차들이 급정거를 하며 경적을 울렸다. 라도는 도로 위를 경중경중 뛰었다. 트럭 운전사가 창문을 열고 욕설을 쏟아 냈다. 얼떨결에 도로 중앙에 다다른 라도는 겁에 질려 몸을 달달 떨면서도 보리를 찾았다.

"야! 정신 차려!"

반대편 도로변에 도착한 보리가 목이 터져라 소리를 질렀다.

"내가 하나, 둘, 셋 하고 세면 그때 뛰어. 알았지?"

"나, 난 못해!"

라도가 고개를 저었다.

"할 수 있어. 날 믿어!"

'날 믿어'라는 말은 라도가 겁에 질려 있을 때마다 할매가 했던 말이었다. 라도는 슬그머니 고개를 들어 보리를 응시했다.

"하나. 둘, 셋!"

보리가 앞발을 세 번 흔들었다. 라도는 보리의 마지막 앞발이 내려갈 때 무거운 발을 떼어 도로를 달렸다. 신기하게 할매와 함께 도로를 건널 때처럼 몸이 가벼웠다.

"이렇게 잘 뛸 거면서 무슨 겁을 그리 내나?"

라도가 도착하자마자 보리가 잔소리를 했다. 라도는 못 들은 척 다리를 핥았다.

"우리 서로 쌤쌤인 거 알지?"

라도가 보리를 멀뚱히 쳐다봤다.

"먼저 건너는 쪽이 형님 하기로 했잖아. 물론 내가 먼저 도착은 했지만 네가 아니었으면 나는 도로에서 엑스레이 찍을 뻔했고, 넌 나 아니었으면 도로 중앙에서 돌부처 될 뻔했으니까 쌤쌤이지. 형님이 아니라 서로를 도운 친구라고나 할까? 크크크!"

친구라는 말이 라도는 조금 오글거렸다.

"근데 너 아직도 이름 안 가르쳐줬어. 대체 이름이 뭐야?"

보리가 연신 제 꼬리를 핥으며 물었다.

"……라도."

"라도! 라도! 라도!"

보리가 노래하듯 라도의 이름을 불렀다.

라도와 보리는 도로변을 따라 섬숲으로 걸어갔다. 섬숲에서 향긋한 냄새가 불어왔다. 그건 여름의 냄새였다. 온몸을 초록으로 물들일 것 같은 달큰하면서도 새콤한 냄새는, 텁텁했던 목과 잔뜩 엉킨 실타래 같던 머리를 상쾌하게 해 주었다. 라도와 보리 몸에서 뻗어 나간 그림자가 여름의 냄새에 취해 흔들거렸다.

들개들

가까이에서 본 섬숲은 포장만 화려한 선물 상자였다.

숲이라고 불릴 만한 곳은 멀리서 보였던 딱 그만큼이었다. 입구에는 소나무 군락이 있고 그 뒤로는 잡풀이 무성했다. 게다가 정체를 알 수 없는 기계 소리가 내내 마음을 불편하게 했다.

"여기가 정말 동물들의 낙원 맞아?"

보리가 코를 씰룩거렸다.

"더 들어가 보면 알겠지. 그나저나 날이 금세 어두워지겠는데."

라도는 하늘을 올려다봤다. 석양으로 붉게 물들었던 하늘이 어느새 회색빛으로 변했다. 밤이 멀지 않았음을 알리는 색깔이었다. 목이 뻐근했다. 낯선 곳에만 가면 나타나는 현상이다. 되도록 입구와

가까운 쪽에 잠자리를 잡아야겠다고 생각하고 있는데, 덩치 큰 누렁이 한 마리가 불쑥 나타났다. 흠칫 놀란 라도는 뒷걸음질을 했다.

"웬 놈들이야? 너희도 유리도시에서 왔어? 너희 같은 녀석들 때문에 이 터줏대감이 피곤하다니까."

누렁이가 세모꼴 눈을 하고서 히죽 웃었다. 멍하니 서 있는 라도를 툭 치면서 보리가 앞으로 나섰다.

"반가워. 난 보리고 얜 라도야. 우린 친구."

보리가 활짝 웃었다. 그러나 누렁이는 이름 따위 알 게 뭐냐며 송곳니를 잔뜩 드러냈다. 호기롭던 보리가 기세에 놀라 라도 뒤로 숨었다.

"여긴 무슨 일로 왔지?"

누렁이가 라도 앞으로 얼굴을 바싹 들이대며 물었다. 라도는 숨이 잘 안 쉬어졌다.

"여기가 도, 동물들의……."

"그걸 왜 너한테 말해야 하는데?"

라도 말을 끊고 보리가 제법 사납게 따져 물었다.

"그건 말이지, 이 쪼리 님이 섬숲의 질서를 담당하고 있기 때문이지."

쪼리가 턱을 힘껏 쳐들었다.

"그 말은, 우리더러 네 말을 따르라는 거잖아? 우리 엄마가 아무 말이나 막 듣지 말라고 했다고!"

'엄마?'

라도는 도로 앞에서 보리가 했던 말을 떠올렸다. 누군가를 찾기 위해 섬숲에 간다는 말. 혹시 그게 엄마일까?

"하하하! 엄마가 밥 먹여 줘? 엄마가 그렇게 좋은데 왜 넌 혼자냐? 아, 그렇지. 고양이들은 새끼든 뭐든 낳기만 하면 버린다며!"

"아냐. 우리 엄마는 절대 안 그래."

보리가 분한 표정으로 오른쪽 앞발을 치켜들었다. 금방이라도 쪼리를 할퀼 것 같았다.

"진정해."

라도가 조용한 소리로 보리를 달랬다. 씩씩거리던 보리가 앞발을 내렸다.

"혹시 엄마를 찾아왔다면 포기해. 고양이 녀석들은 나한테 혼나서 쫓겨난 지 오래니까."

"쫓겨났다고? 왜? 우리 고양이들이 무슨 잘못을 했는데?"

보리가 또다시 발끈했다.

"몰라서 물어? 너희 고양이들은 간사하기 이를 데 없잖아."

쪼리 말이 끝나기 무섭게 보리가 엉덩이를 뒤를 빼더니 '하악' 하며 이를 드러냈다. 쪼리도 몸을 낮추고 꼬리를 바짝 세웠다.

라도는 겁이 났다. 둘이 싸우기라도 하면 어쩌나 싶었다. 가만히 있자니 비겁해 보이고 나서서 말리자니 쪼리가 무서웠다. 이러지도 저러지도 못하고 있는데, 보리하고 눈이 마주쳤다. 얼른 시선을 피했지만 왼쪽 뺨이 바늘에 찔린 것처럼 따끔거렸다. 입안이 바짝 마르고 수염이 바르르 떨렸다. 하지만 이런다고 해결될 문제가 아니었다. 라도는 마른침을 겨우 삼키고, 가까스로 쪼리를 쳐다봤다. 쪼리의 뾰족하고 누런 송곳니가 햇빛에 반짝하고 빛났다.

"우릴 들여보내 줘."

라도가 힘겹게 말했다. 보리, 쪼리가 동시에 라도를 쳐다봤다.

"우린 꼭 섬숲에 가야 해. 엄마와 친구를 찾으러 왔어."

입에서 나오는 대로 말을 뱉었다. 무슨 정신으로 이런 말을 하는지 알 수 없었다. 다만 이렇게라도 하지 않으면 목숨을 걸고 도로를 건넌 게 헛수고가 될 것 같았다.

"엄마? 친구? 푸하하!"

쪼리는 목젖이 보이도록 크게 웃었다. 한참을 웃다가 인상을 팍 썼다.

"이유가 어쨌든 섬숲에 들어오려면 세 가지 규칙을 지켜야 해. 첫째, 이곳에 들어오려면 내 허락을 받아야 해. 둘째, 내가 정해 준 곳에서만 머물러야 하고. 끝으로, 정기적으로 내게 먹이를 바쳐야 하지. 이것만 지킨다면 엄마든 친구든 마음껏 찾아도 좋아."

결국 섬숲의 질서라는 것은, 쪼리에게 복종하는 것이었다.

라도가 섬숲으로 오기 전에도 이미 유리도시의 많은 유기견이 섬숲으로 갔다. 그즈음, 할매도 섬숲에 가기 위해 준비를 했었다.

"라도, 난 섬숲으로 갈 거야. 너도 나랑 같이 가겠어?"

라도는 고개를 저었다.

"미안해요. 난 주인을 다시 꼭 만나고 싶어요."

할매는 라도의 의견을 존중했다. 라도가 주인을 만나지 못할 상황을 대비해 할매는 먹이를 구하는 법과 안전한 잠자리를 찾는 법을 알려줬다.

"너한테 이런 말이 어떻게 들릴지 모르겠지만, 사람을 너무 믿지 말렴."

한때는 주인의 사랑을 독차지한 반려견이었지만 동네가 재개발되고 버려지면서 골칫덩이가 된 할매에게 사람은 믿지 못할 대상이었다. 떠나기 전날, 라도와 할매는 마지막 만찬을 위해 '돈돈 삼겹살' 가게로 갔다. 할매가 컹컹, 하고 짖자 인상 좋은 사장님이 평소처럼 고기를 잔뜩 담은 그릇을 가지고 나왔다.

"오늘은 좀 많이 담았다. 편안하게 맘껏 먹어라."

사장이 푸근한 미소를 지으며 바닥에 그릇을 놓았다. 라도와 할매는 사장이 사라지기를 기다렸다가 허겁지겁 고기를 먹었다.

"이 맛, 이 순간, 영원히 잊지 못할 거야."

할매가 환하게 웃었다.

그때였다. 뭔가가 바람을 가르며 날아와 할매의 배에 박혔다. 할매는 눈을 동그랗게 뜬 채 풀썩 쓰러졌다. 정신없이 고기를 먹던 라도는 쓰러진 할매를 두고 건물 사이로 도망쳤다.

"아니, 잡으라는 놈은 안 잡고 저런 잡종을 잡으면 어떡해요?"

삼겹살집 사장이 초록 조끼를 입은 사람들에게 화를 냈다.

"그러게 말입니다. 그나저나 저 개는 어쩌죠?"

"알 게 뭐예요. 알아서들 하세요!"

사장이 뒷문을 쾅 닫고 들어갔다. 먼발치에 숨어 있던 라도는 자기 귀를 의심했다. 항상 친절하고 상냥한 사장이 한 말이라고는 믿어지지 않았다.

사람들이 할매를 처리할 도구를 가지러 간 사이 라도는 용기를 내 할매를 끌고 아지트로 갔다. 할매는 몇 시간을 죽은 듯 잠만 잤다. 코끝으로 할매를 건드려 보았지만 꼼짝을 안 했다. 다행히 할매는 정신을 차렸지만 구토와 배앓이를 반복했다. 그렇게 이틀을 고생하던 할매는 결국 무지개다리를 건너고 말았다.

"라도, 봤지? 사람들이 얼마나 못 믿을 존재인지. 그러니 넌 꼭 섬 숲에 가. 그곳이야말로 유기 동물들의 지상 낙원이라잖아. 차에 치일 위험도 없고 먹이도 풍부하고. 거기다 동족들끼리 서로 의지하며 살 수 있는 곳이라니 얼마나 좋아. 난 네가 거기서 행복했으면 좋겠구나."

할매가 죽기 전에 남긴 유언이었다.

그렇게 할매를 떠나보내고 차일피일 약속을 미루던 라도는 묵은 짐을 털어 버리기로 결심하고 죽기 살기로 도로를 건너왔다. 그런데 들어가기도 전에 이런 일이 생기다니. 라도는 그냥 다 포기하고 싶었다.

"그게 질서라고? 순 사기꾼."

보리가 발끈했다.

"뭐, 사기꾼이라고?"

쪼리가 눈을 번뜩거렸다.

"보리를 이해해 줘. 도로를 건너느라 지치고 배가 많이 고파서 그래. 그땐 누구나 예민하잖아."

라도가 나서서 사과했다.

"개가 지금 고양이 편을 드는 거야?"

쪼리가 뒷발로 흙을 찼다.

"엄마하고 친구만 찾으면 바로 떠날게. 아니, 못 찾아도 떠날게. 그러니까 사흘만 시간을 줘."

라도가 용기를 내어 말했다. 그건 목표가 분명한 보리를 위한 용기였다.

"사흘 좋아하네. 너처럼 말하는 놈들이 어디 한둘인 줄……."

"쪼리! 여기서 뭐 하는 거야?"

우렁우렁한 목소리가 수풀을 뚫고 튀어나왔다. 곧 붉은 털에 붉은 눈동자를 가진 덩치 큰 개 한 마리가 나타났다. 꼿꼿한 자세와 단단한 몸이 보통이 아니었다. 붉은 개 뒤로 쪼리처럼 평범한 잡종견 두 마리가 있었다.

"홍! 아니 대장, 왔어?"

쪼리가 멋쩍게 웃었다. 홍은 쪼리는 본 듯 만 듯하더니, 라도를 빤히 쳐다봤다.

"어떻게 된 일이냐면……."

쪼리가 홍에게 무어라 귓속말을 했다. 홍이 고개를 끄덕였다.

"반갑군. 라도와 보리. 유리도시에서 왔다며. 요즘 그곳은 어때? 여전히 동물들의 지옥인가?"

"……."

"대답이 없는 걸 보니 나아진 게 조금도 없나 보군. 일단 내 소개부터 하지. 난 이곳 섬숲을 관리하는 홍이야. 얘들은 내 부하고. 쪼리에게 들었다니 알겠지만 이곳 동물들은 모두 내 관리를 받아. 너희들도 이곳에 살려면 그래야 하고. 그게 이곳의 질서를 위한 규칙이야."

"우, 우린 여기 오래 있을 마음이 없어. 그러니까 딱 사흘만 시간을 줘."

라도는 떨리는 목소리를 감추려 숨도 안 쉬고 빠르게 말했다. 홍은 생각에 잠긴 듯 눈을 내리깔았다. 라도는 입이 바짝바짝 말랐다. 안 된다고 하면 어쩌나 싶었다.

"너희들 생각이 정 그렇다면 그렇게 해. 대신 꼭 약속은 지켜라. 사흘 이상은 안 돼. 사흘 후에도 내 눈에 띄면 그땐……."

"대장, 그게 무슨 말이야. 저렇게 말하는 놈들이 어디 한둘이야?"

쪼리가 버럭 화를 냈다. 홍은 아무런 대꾸 없이 라도를 물끄러미 바라봤다. 부담스러운 눈빛에 라도는 얼른 고개를 돌렸다.

"라도라고 했지? 두려움을 이긴 네 용기가 참 마음에 든다. 그러니 이곳에 머물고 싶으면 언제든 말해. 우리 좋은 친구가 될 수도 있을 것 같거든."

그렇게 말하며 홍이 라도에게 다가섰다. 두려움을 참느라 떨린 목소리를 알아챘던 걸까. 라도는 움찔하며 뒷걸음질을 쳤다. 홍은 멋쩍어하더니 이내 부하들을 데리고 숲으로 사라졌다. 쪼리는 가다 말고 뒤를 돌아 누런 송곳니를 보였다.

홍과 쪼리가 사라지자 라도는 힘이 풀려 자리에 주저앉았다. 보리도 가슴을 쓸어내렸다.

"저 홍이라는 애, 보통 아니게 생겼다. 무서워 죽는 줄 알았어."

"무섭다는 애가 그렇게 꼬박꼬박 따져 물어?"

"헤헤! 내 성격이 좀 그래. 궁금한 거 못 참고, 이해 안 되는 건 꼭 물어봐야 하는 성격이거든. 어쨌든 고마워. 너 아니었으면 쟤네들 한테 털이 몽땅 뽑혔을 거야."

보리가 분홍색 혀를 쏙 내밀었다. 그 폼이 웃겨서 라도도 그만 웃고 말았다.

"그래. 그렇게 좀 웃어 봐. 얼마나 보기 좋냐!"

그 말에 라도는 벌린 입을 꾹 다물었다.

"금방 어두워지겠다. 일단 오늘 쉴 곳부터 찾자."

딴소리를 하며 라도는 주변을 살폈다. 엷은 어둠이 숲을 조금씩 물들이기 시작했다. 개밥바라기 별도 안 보였다. 라도는 슬쩍 긴장이 됐다. 잔뜩 졸아든 마음이 걸을 때마다 서걱서걱 소리를 냈다. 그 어느 때보다 얇고 약한 마음의 소리였다.

터널에서 만난 고털

보름달이 뜬 밝은 밤이다. 달을 에워싼 별들이 뽐을 내듯 빛을 뿜
어냈다. 라도는 목을 잔뜩 집어넣고 길을 걸었다. 보리는 아까부터
이쪽저쪽으로 뛰어다니며 냄새를 맡았다. 꼭 소풍 온 아이 같았다.

"엄마를 찾으러 온 거 맞지? 어디 있는지 알아?"

침묵을 깨고 라도가 물었다.

"아니."

엉겅퀴 냄새를 맡던 보리가 대답했다.

"그럼 어떻게 찾아?"

"촉!"

라도 눈이 휘둥그레졌다.

"뭐야. 내 말을 다 믿는 거야? 와! 너 정말 순진하다."

보리가 자지러지게 웃었다. 그 바람에 엉겅퀴 꽃대가 톡 부러졌다.

"농담이었어. 네가 긴장한 거 같아서 장난 좀 쳐 본 거야. 애옹, 애옹!"

보리가 부러진 꽃대를 세우려 애를 쓰며 대답했다.

"그러는 넌 친구 찾으러 왔다며? 어떻게 찾을 거야?"

"난 친구 없어."

"애옹? 그럼, 거짓말이었어?"

보리는 결국 엉겅퀴 줄기를 끊어 입에 물었다.

"의도한 건 아니야. 핑계가 필요했을 뿐이야."

왜 그런 핑계를 댄 건지 라도도 알 수가 없었다. 그땐 그것 말고는 달리 할 수 있는 게 없었다.

보리는 엉겅퀴에 빠져 더는 묻지 않았다.

"이것 봐. 아주 맛있겠지."

걷다가 보리가 털이 부숭부숭한 열매를 주웠다. 한쪽이 썩은 개복숭아였다. 보리가 멀쩡한 쪽을 깨물더니 너무 시다며 펄쩍펄쩍 뛰었다.

"먹지 마. 배 아파."

라도가 개복숭아를 앞발로 툭 찼다.

"애옹! 아무리 시어도 먹어야 버티지."

보리는 개복숭아를 주워 다시 우적우적 씹었다. 깔끔하게 먹고는 트림까지 했다. 곧장 입 주변도 정리했다.

"아까 쪼린가 뭔가 하는 애 좀 웃기지 않냐? 지가 여기 대장인 것처럼 굴더니 알고 보니까 홍 부하였잖아. 하여튼 큰소리치는 애들 말은 믿으면 안 돼."

"그래도 조심해. 그렇게 깐족거리다가 크게 당하니까."

"애옹. 라도, 네가 있는데 뭐가 걱정이야?"

보리가 라도 다리에 머리를 비볐다. 라도는 소름이 돋았지만 꾹 참았다.

숲은 이제 칠흑 같은 어둠 속이다. 불빛 하나 없는 숲에서 사방을 분간하기가 쉽지 않았다. 몇 발짝 걷다가 주위를 살피고 또 살펴야 할 정도였다. 풀벌레 우는 소리가 그나마 불안한 마음을 잠재워 주었다.

한참을 걷다가 비탈진 길에 들어섰다. 그곳에 커다랗고 길쭉한 터널 같은 인공 구조물이 보였다.

"우아! 안 그래도 어디서 자나 했는데 기적이다, 기적이야."

그런데 졸싹거리며 터널 안으로 들어간 보리가 애옹, 애옹, 울어 대며 쏜살같이 달려 나왔다.

"무슨 일이야?"

라도는 고개를 쭉 뺐다. 보리 뒤를 따라 터널 안에서 먹구렁이가 스멀스멀 기어 나왔다. 라도는 얼음이 됐다. 뻣뻣해진 다리 사이를 구렁이가 기어가더니 곧 사라졌다. 곤두섰던 털이 그제야 옆으로 누웠다.

"애옹, 간 떨어지는 줄 알았네."

보리가 가슴을 쓸어내렸다.

또 다른 방해꾼은 없는지 살피며 보리가 살금살금 터널로 들어갔다. 그러고는 터널 입구 쪽에 자리를 잡았다. 라도는 좀 더 안쪽으로 들어가 납작 엎드렸다. 배에서 꼬르륵 소리가 났다. 도시의 밤은 먹이를 얻을 수 있는 최적의 시간이다. 특히 번화한 거리의 뒷골목은 잘 차려진 식탁처럼 갖가지 먹을거리로 가득했다. 하지만 이런 숲에 음식물 쓰레기통이 있을 리 없다. 그런데 도대체 무슨 까닭으로 이곳에 먹이가 풍부하다는 소문이 돌았던 걸까?

허기를 달래며 라도는 눈을 감았다. 보리의 코 고는 소리를 듣다가 깜빡 잠이 든 라도는 호들갑스러운 목소리에 눈을 떴다.

"라도, 라도, 일어나 봐!"

푸른빛이 감도는 새벽이었다. 보리가 턱으로 터널 안쪽을 가리켰다. 차츰 어둠에 눈이 익자 대걸레처럼 꼬질꼬질하고 메마른 하얀 털을 한 중형견 한 마리가 보였다. 군데군데 상처도 입은 듯 몰골이 말이 아니었다.

"애옹, 언제부터 있었던 거지."

보리가 터널 끝에 축 늘어져 있는 개에게 다가갔다.

"가지 마!"

라도가 소리쳤다.

"간 떨어지는 줄 알았네. 대체 왜 그래?"

보리가 눈을 흘겼다.

"고, 공격하면 어떡하려고."

"어이없어. 누가 누굴 공격한다는 거야?"

보리가 고개를 절레절레 흔들더니 늘어진 개에게 다시 다가갔다.

몸을 살짝 건드렸지만 개는 움직이지 않았다.

"죽었나?"

보리가 다시 한번 개를 툭 건드리더니 지레 놀라 도망쳤다.

"왜? 왜 그러는데?"

라도가 목을 잔뜩 움츠리고 물었다.

"배가 볼록해! 임신했나 봐."

보리가 다시 다가가 배에 귀를 대 보았다.

"살아 있어."

"휴!"

라도는 안도의 숨을 내쉬었다.

"너무 지쳐 보인다. 그치? 뭐 먹일 거 없나."

먹인다는 말에 라도의 배에서 꼬르륵 소리가 났다. 보리도 마찬가지였다. 라도와 보리는 주린 배를 문지르며 서로를 봤다.

"그런데 우리, 이러고 있을 때가 아니지 않아?"

라도가 어렵게 입을 뗐다. 보리가 수염을 씰룩거리며 하얀 개를 물끄러미 봤다.

"내 말, 못 알아들었어?"

보리가 대답이 없자 라도가 까칠하게 물었다.

"알아. 빨리 우리 엄마 찾으러 가자는 말이잖아."

"근데?"

"죽어 가는 개를 두고 왔다고 하면 엄마가 잘했다고 할까?"

"무슨 뜬금없는 말이야?"

"엄마도 엄마지만, 누가 봐도 도움이 필요한 애를 두고 가면 마음이 안 편할 거 같아."

라도는 어이가 없었다. 저를 위해 있는 용기 없는 용기 죄다 끌어다가 사흘의 시간을 얻어 냈는데 이제와 딴소리라니. 라도는 눈살을 찌푸렸다.

"네 마음이 그렇다면 그렇게 해. 난 이만 가 볼게."

38

라도가 질렸다는 듯 고개를 돌렸다. 보리가 황급히 뛰어와 앞발을 라도 가슴에 척 올렸다. 그러고는 애처로운 눈으로 쳐다봤다.

"애옹, 정말 갈 거야?"

보리 목소리가 떨렸다. 마음이 약해질 것 같아 라도는 얼른 하늘로 눈을 돌렸다. 날이 밝아 오면서 하늘이 파인애플 빛으로 변해 갔다.

보리가 바닥으로 내려앉더니 한숨을 폭 내쉬었다.

"그럼, 쟤 눈뜰 때까지만 기다려 줘. 그 정도는 해 줄 수 있지?"

"약속 지켜."

라도는 고개를 끄덕인 뒤, 보리를 뒤로한 채 숲속으로 걸어갔다. 그러다 화살나무 앞에서 우뚝 멈췄다. 바람에 물 냄새가 묻어 있었다. 냄새를 따라가다가 물웅덩이를 발견했다. 땅 밑에서 올라온 깨끗한 물이었다. 라도는 웅덩이에 코를 박고 정신없이 물을 마셨다.

"찹찹찹찹."

배가 부를 만큼 먹고 라도는 하늘을 올려다봤다. 우듬지 사이로 맑은 하늘이 그림처럼 펼쳐졌다. 그때, 미세하지만 땅이 흔들렸다. 진동을 따라가 보니 은사시나무가 많은 언덕까지 왔다. 언덕에서 아래를 내려다봤다. 붉은 속살을 드러낸 땅에 포클레인이 트럭에 부지런히 흙을 퍼서 담고 있었다. 바람에 흙먼지가 풀풀 날렸다. 라도는 이맛살을 찌푸리다 언덕을 내려왔다. 그리고 왔던 길로 뛰어가 물웅덩이 앞에 멈췄다.

주위를 살피던 라도는 땅에 반쯤 묻힌 플라스틱 병에 물을 담아 터널로 돌아왔다. 어느 틈에 일어났는지 임신한 개가 퉁퉁 부은 눈으로 라도를 쳐다봤다. 아깐 몰랐는데 왼쪽 앞다리가 심하게 굽어 있었다.

"어딜 갔다 이제 온 거야? 영영 가 버린 줄 알았잖아."

보리가 달려와 징징거렸다.

"이거나 먹어."

라도가 병을 바닥에 눕히자 보리가 입구에 혀를 댔다.

"우와! 진짜 꿀맛."

보리는 물 묻은 입을 헤벌쭉 벌리며 웃었다. 남은 물은 임신한 개에게 가져갔다.

"좀 마셔 봐. 기운이 날 거야."

개는 라도에게 눈인사를 하고는 허겁지겁 물을 마셨다. 목구멍으로 물 넘어가는 소리가 경쾌했다. 생명을 살리는 소리 같았다.

"여긴 어떻게 온 거야? 원래부터 여기 살았어?"

개가 정신을 차리는 듯하자 보리가 질문을 쏟아 냈다. 개는 말을 하려다 말고 힘없이 뻗었다.

매미가 시끄럽게 울어 댔다. 보리가 나무로 기어 올라가 조용히 하라고 야옹야옹 소리쳤다. 라도가 그런 보리를 한쪽으로 데려갔다.

"왜?"

"약속했잖아."

라도가 눈을 부릅떴다.

"아, 그 약속!"

보리는 아차 싶은 표정이었다. 보리는 결국 개에게 다가갔다.

"저기."

개가 힘겹게 고개를 들어 보리를 쳐다봤다.

"사실은 우리가 말이야……."

보리가 말을 하다 말고 침을 꼴깍 삼켰다. 그러자 이번엔 개의 입이 열렸다.

"미안해. 아깐 말할 힘이 없었어. 내 이름은 코털이야."

"우와! 말을 했어. 그리고 뭐가 미안해? 아프면 그럴 수도 있지. 난 보리고 여긴 라도야. 우린 네가 죽은 줄로만 알았어. 이렇게 정신을 차려서 얼마나 다행인지 몰라. 애옹!"

보리는 해야 할 말 대신 엉뚱한 말을 하며 제자리에서 맴을 돌았다. 보다 못한 라도가 보리 옆에 바짝 서서 나지막이 말했다.

"간다고 말하라고."

"하고 싶으면 네가 해. 난 못하겠어."

보리가 팩 돌아섰다. 하는 수없이 라도가 코털에게 갔다. 그런데 상처투성이의 임신한 개 앞에 서니 말이 안 나왔다.

"코, 코털. 우리는 이제……."

그때였다. 코털이 갑자기 몸을 둥글게 말더니 끙끙 앓는 소리를 냈다.

"왜 그래? 무슨 일이야? 혹시 새끼가 나오려는 거야?"

보리가 수염을 빳빳하게 세우며 발을 동동 굴렀다. 새끼라는 말에 라도도 하려던 말을 꿀꺽 삼켰다. 보리가 코털 주위를 맴돌며 어쩌지, 어쩌지 했다. 정신이 사나웠다. 다행히 코털의 신음은 멈췄다. 그제야 보리도 얌전해졌다.

"가끔씩 이렇게 아픈데, 오늘은 유독 심한 것 같아."

라도는 골치가 아팠다. 온몸이 상처투성이에 새끼까지 가진 개를 두고 가자니 마음에 걸리고, 안 가자니 사나운 홍이 눈앞에 아른거렸다.

아침부터 날씨는 후텁지근했다. 구름은 더위 따윈 저와 아무 상관 없다는 듯 천천히, 아주 천천히 흘러갔다.

엄마를 찾아서

　라도는 사흘 안에 보리 엄마도 찾고 홍과의 약속도 지키는 방법을
궁리하느라 머리가 아팠다. 그런 마음을 아는지 모르는지 보리는
코털 옆에 딱 붙어 있었다.

　터널 앞 굴참나무로 청설모 한 마리가 오르락내리락했다. 먹이로
보이는 걸 입에 물고 있는 걸 보니 어딘가에 새끼가 있는 모양이었다.

　"라도, 넌 어쩌다 유기견이 됐어? 너도 주인이 버렸냐?"

　보리가 뜬금없는 질문을 했다.

　"기억 안 나."

　"애옹, 말하기 싫으면 말고."

　보리는 팩 돌아앉았다.

"코털, 배는 좀 어때?"

라도가 조심스럽게 물었다. 도시에서도 가끔 새끼를 밴 개, 고양이와 맞닥뜨릴 때가 있었다. 그때는 별 느낌이 없었는데 코털은 달랐다. 새끼를 가지기엔 무척 어려 보이는 데다 몸 상태나 영양 상태도 많이 나빠 보였기 때문이다.

"버틸 만해. 하지만 먹은 게 너무 없어서 새끼들이 건강하게 태어날지 걱정이야."

코털이 자기 배를 내려다보며 울상을 지었다. 모든 어미가 그러하듯 코털도 자기 몸보다 새끼들 걱정뿐이었다.

"우리도 이틀 굶었어. 근데 이제 굶는 건 이골이 나서 버틸 만해!"

보리가 쏙 들어간 배를 톡톡 두드리며 히죽 웃었다.

"너희는 어디 가는 길 같던데, 나 신경 쓰지 말고 떠나. 사실 새끼를 낳을 장소를 찾는 중이었는데, 여기서 낳을까 싶어."

"안 돼!"

보리가 펄쩍 뛰었다. 라도가 벙찐 얼굴로 보리를 봤다.

"생각해 봐. 새끼를 낳고 기르려면 주위에 먹이도 많고 안전해야 하잖아. 그런데 여기는 먹이도 없고 더더군다나 넌 지금 새끼를 낳을 만큼 건강하지도 않아. 혼자서 새끼를 낳다가 무슨 일이라도 생기면 어쩌려고."

보리 말이 끝나기가 무섭게 코털이 또 몸을 웅크렸다. 보리는 잔

뚝 울상을 짓고서 라도를 쳐다봤다.

"라도, 코털한테 뭐라도 먹여야 하지 않을까?"

라도는 다시금 숲으로 향했다. 아까보다는 조금 멀리 가 보았다. 하지만 먹이는 없었다. 포기하고 돌아가려는데 등 뒤에서 고기 냄새가 났다. 구수한 냄새를 맡자마자 배에서 꼬르륵꼬르륵 합주를 했다. 라도는 본능적으로 냄새를 쫓아 뛰었다. 한참을 가다가 갈참나무 아래에서 우뚝 멈췄다.

나무 밑에 일부러 파 놓은 것 같은 구덩이가 있었다. 냄새는 거기서 났다. 라도는 정신없이 구덩이 안을 헤치기 시작했다. 불에 타다 만 나무와 쓰레기 사이에서 고기 냄새가 솔솔 났다. 침을 꼴깍 삼키며 쓰레기 더미를 뒤지다가 하얀 뼈다귀를 발견했다. 야무지게 살이 발린 길고 굵은 뼈다귀였다.

고기도 안 붙었는데 냄새 때문인지 침이 꼴깍 넘어갔다. 라도는 뼈다귀 몇 개를 더 찾아 터널로 가져갔다. 보리가 뼈다귀를 보고 눈을 동그랗게 떴다. 코털도 코를 킁킁거렸다.

"고기는 없어. 그래도 쪽쪽 빨아 봐. 고기 맛이 날 거야."

라도 말에 보리가 뼈끝에 혀를 댔다. 이내 보리 눈이 커졌다.

"애옹! 정말 고기 맛이 나!"

보리가 정신없이 뼈를 핥았다. 코털도 뼈끝을 물고 쪽쪽 빨았다. 엄청 맛있는 먹이라도 되는 것처럼.

"살이 붙었다고 상상하며 먹어 봐. 정말로 배가 불러 오는 것 같아."

보리가 입 주변을 핥으며 말했다. 라도는 그렇게 말해 준 보리가 고마웠다.

"나도 오랜만에 고기 냄새를 맡아서 좋았어."

코털도 한마디 덧붙였다.

라도는 문득 뼈다귀의 정체가 궁금해졌다. 동물들이 숲에서 고기를 구워 먹거나 쓰레기를 태울 리는 없고, 그렇다면 사람? 섬숲은 사람이 없는 동물들의 지상 낙원이라고 했는데 이상했다. 만약 사람들이 고기를 먹고 버린 거라면 섬숲은 소문과 달리 안전지대가 아닐지도 모른다.

"그나저나 코털, 너는 어쩌다 여기까지 온 거야?"

뼈다귀를 갖고 놀던 보리가 물었다. 뼈다귀에 턱을 대고 있던 라도도 고개를 들어 코털을 바라봤다.

"난 작년에 해수욕장에 버려졌어."

코털이 눈꼬리를 축 늘어뜨리며 자기 이야기를 했다.

코털은 태어나 눈도 채 뜨기 전에 애견 가게로 팔려 갔고, 거기서 젊은 남자 주인을 만났다. 주인은 당시 반려동물로 인기 많은 견종이었던 코털을 애지중지 키웠다. 그렇게 1년이 되던 어느 날, 주인과 산책을 나간 코털은 그만 차에 치이고 말았다. 주인이 신발 끈을 묶는 사이 코털이 노란 풍선을 따라가다 벌어진 사고였다. 뺑소니 차에 치인 코털은 급히 병원으로 이송됐지만 다리가 골절되고 말았다.

"지금 수술 안 시키면 한쪽 다리를 영영 못 쓰게 됩니다."

수술비는 주인의 두 달 치 월급이었다. 주인은 수술 동의서에 사인하는 대신 코털을 데리고 병원을 나왔다. 그리고 얼마 뒤, 휴가를 낸 주인은 코털을 데리고 해수욕장으로 향했다. 난생처음 가 본 해수욕장에서 코털은 주인과 꿈같은 나날을 보냈다. 그리고 휴가의 마지막 날 아침.

"코털, 우리 산책 갈까?"

아침의 해수욕장은 한가했다. 간밤의 흥겨움은 하얀 파도가 모두 쓸고 간 것 같았다. 코털은 주인과 나란히 모래 위에 앉아 바다를 바라봤다. 주인은 코털 머리를 연신 쓰다듬으면서도 똑바로 쳐다보지 않았다.

"코털, 나 화장실 갔다 올게. 잠깐만 여기 있어."

주인은 손등으로 눈가를 훔치더니 뒤도 돌아보지 않고 화장실 쪽으로 뛰어갔다. 코털은 주인이 시키는 대로 꼼짝 않고 바다만 봤다. 기다림이 무색하게 주인은 나타나지 않았다. 파도를 타고 가 버린 튜브처럼, 그렇게 영원히.

"그런 뒤에 새끼를 가졌는데, 먹이를 구하는 게 너무 힘든 거야. 새끼가 건강하게 태어나려면 누구보다 잘 먹어야 하는데 다리도 이 모양이고 텃세를 부리는 개들 때문에 살 수가 없었어. 그때 누군가 섬숲에 가면 자유롭게 배불리 먹이를 먹을 수 있다고 했어. 그래서 목숨을 걸고 왔는데 여긴 해수욕장보다 더 먹을 게 없더라. 게다가 여기 들개들이 어찌나 사나운지 입에 물고 있는 것도 갈취해 가는 거 있지."

코털 목소리가 점점 작아졌다.

"그래서 더 못 참고 섬숲을 빠져나가다가 들개들한테 공격을 당했어. 먹이도 안 바치고 도망간다고."

도시에 살다가 외곽으로 밀려난 개들은 십중팔구 들개가 됐다. 척박한 땅에 먹이까지 부족한 그곳에서 개들은 엄청나게 예민해져 사람이고 멧돼지고 가리지 않고 위협을 했다. 섬숲도 그런 곳이 아닐까 했지만, 할매는 한사코 아니라고 했었다.

"공격한 게 어떤 놈인지 기억나?"

보리가 꼬리를 바짝 세우고 물었다. 그러고는 당장 혼을 내 주겠다며 허공으로 솜방망이 같은 앞발을 휘둘렀다. 코털이 머리를 흔들었다. 냄새를 맡으면 알 수도 있지만 생김새는 거의 기억이 안 난다고 했다.

"혹시 홍이었을까?"

보리가 라도를 보며 말했다. 라도도 잠깐 그 생각을 했지만 단정 지을 수는 없다. 또, 안다고 해서 복수할 것도 아니니 모르는 게 여러모로 나았다.

"우리도 빨리 할 일을 끝내고 여기서 나가자."

이쯤에서 정리가 필요할 것 같아 라도는 보리를 재촉해 자리에서 일어섰다.

"그, 그래."

보리가 마지못해 일어났다.

"코털, 너도 우리랑 같이 가자."

라도가 굽은 코털의 왼쪽 앞다리를 내려다보며 말했다.

"나, 나도?"

코털이 놀란 눈을 했다.

"여긴 섬숲 입구 쪽이라 들개들이 수시로 왔다 갔다 할 거야. 그러니 안전하지 않아."

"맞아, 맞아."

보리가 꼬리를 뱅뱅 돌렸다.

"너희들이 힘들 텐데."

"우리 걱정은 하지 마. 그렇지 보리?"

보리가 야무지게 고개를 끄덕였다. 코털 얼굴이 그제야 밝아졌다.

섬숲의 진실

　길을 나서는데 소낙비가 무섭게 쏟아졌다. 셋은 얼마 못 가서 다
시 터널로 돌아왔다. 코털이 몸을 심하게 떨었기 때문이다.
　"이게 무슨 날벼락이냐."
　보리가 터널 안쪽으로 코털을 밀며 볼멘소리를 했다.
　비는 점점 더 거세게 내렸다. 어찌나 많이 내리는지 터널이 금세
물에 잠겼다. 셋은 도망치듯 터널을 나와 굴참나무 아래서 비를 피
했다.
　굵고 짧게 내린 비가 그치고 해가 얼굴을 내밀었다. 그제야 밖으로
나가 젖은 몸을 말렸다. 보리는 코털의 상처도 잊지 않고 핥았다.
　"다시 움직여 볼까?"

보리가 몸을 쭉 늘리며 기지개를 켰다. 라도도 몸을 일으켰다. 약속한 시간이 얼마 안 남았기에 오늘은 무슨 일이 있어도 길을 나서야 했다.

라도는 먼저 뼈를 발견했던 구덩이로 갔다. 남은 뼈가 더 있을까 싶어서였다. 그런데 비 때문인지 구덩이가 사라지고 안 보였다. 힘이 쪽 빠졌다.

잡풀이 자란 언덕을 넘어 억새밭을 걸었다. 길고 질긴 억새 사이를 걸을 때마다 서걱서걱 마른 풀 소리가 났다.

"아, 너무 배고파!"

보리가 쓰러진 억새 위에 벌렁 누웠다. 코털도 그 옆에 앉아 왼쪽 앞다리를 혀로 핥았다.

"너희, 혹시 쥐 먹을 수 있어?"

보리가 뜬금없는 걸 물었다.

"잡을 수는 있고?"

라도가 퉁을 주자 보리가 발끈했다.

"애옹, 내 별명이 맨발의 쥐잡이라는 걸 네가 알 리가 없지!"

보리는 자기 별명을 증명이라도 하고 싶은지 목표물을 찾아 두리번거렸다.

한참을 두리번거리던 보리가 갑자기 억새풀 사이로 달려갔다. 조금 있으니 보리가 커다란 쥐 한 마리를 물고 나타났다. 쥐는 축 늘어져 있었다. 그 모습을 본 코털이 몸을 잔뜩 움츠렸다.

"도시에 살 땐 장난으로 잡고 놀기도 했는데, 이렇게 먹게 될 줄은 몰랐네."

잡은 쥐를 내려놓고 보리가 발로 툭 건드렸다. 쥐가 움찔했다. 보리가 다시 발로 누르자 쥐가 죽은 척을 했다.

"내가 한 마리 더 잡아 올 테니까 코털 너부터 먹어."

보리가 코털 앞으로 쥐를 밀었다. 코털이 고개를 살래살래 흔들었다.

"애옹, 진짜 굶어 죽으려고 그래? 새끼들을 생각해!"

보리의 재촉을 못 이긴 코털은 쥐를 입에 반쯤 물었다가 쥐꼬리가 사정없이 흔들리자 도로 뱉어 내고 말았다.

"진짜 미안해. 다음번엔 네가 주는 먹이 군말 않고 꼭 먹을게. 하지만 이건 아냐."

보다 못한 라도가 쥐를 멀리 찼다. 쥐는 포물선을 그리며 날아갔다. 여기 있는 누구도 생식을 해 본 적이 없었다.

"쥐는 아직 일러."

"그렇쥐!"

보리만 쥐가 사라진 곳을 보며 입맛을 쩝 다셨다.

라도는 보리와 코털을 데리고 언덕을 올랐다. 언덕 꼭대기에는 떡갈나무 세 그루가 커다란 그늘을 드리우고 있었다. 셋은 나란히 나무 그늘에 누워 눈을 감았다. 바람이 솔솔 불어왔다. 라도는 슬쩍 잠이 들었다가 보리 목소리에 눈을 떴다.

"어디서 무슨 소리 안 들려?"

보리 말대로 낯선 소리가 들렸다. 라도는 지레 겁부터 났다.

"무슨 일인지 내가 가서 알아보고 올게."

보리가 벌떡 일어섰다.

"그냥 가만있어."

아무것도 안 하면 아무 일도 안 일어난다. 그런데 보리는 자꾸 일을 만들었다.

"난 궁금한 건 못 참아."

보리가 언덕 아래로 쌩하고 달려갔다. 코털이 고개를 빼고 보리를 걱정스레 쳐다봤다. 따라갈까 하다가 라도는 관뒀다.

"보리, 괜찮겠지?"

코털이 말했다.

그때 보리가 쏜살같이 달려왔다. 도착해서도 가쁜 숨을 내쉬느라 말을 제대로 못했다.

"라도! 저, 저 밑에 고, 고기가 있어."

고기라는 말에 라도의 코가 저절로 벌름거렸다. 코털도 침을 꼴깍 삼켰다.

"가져오지 그랬어."

보리가 고개를 저었다.

"나도 그러고 싶은데 개가 두 마리야. 제아무리 신출귀몰하고 영리한 나라도 개 두 마리는 상대 못 해. 라도, 네가 가서 좀 얻어 오면 안 될까?"

"뭐? 내가?"

라도가 몸을 움츠렸다. 하필 그때 한껏 불쌍한 표정을 짓는 코털과 눈이 마주쳤다. 라도는 무거운 몸을 힘겹게 일으켰다.

냄새를 따라 숲길로 들어선 라도는 고기 냄새와 다투는 소리에 소나무 뒤로 숨었다. 보리 말대로 개 두 마리가 고깃덩어리를 놓고 다투고 있었다. 둘 다 코털 크기의 믹스견이었다.

"조금 나눠 주면 어디가 덧나?"

털이 쭉쭉 뻗은 하얀 개가 애걸했다.

"말도 안 되는 소리 하지 마!"

하얀 바탕에 검은 점이 크게 있는 얼룩 개가 눈을 부릅떴다.

"이거 훔쳐 오느라고 얼마나 고생한 줄 알아? 넌 무서워서 근처도 못 갈걸."

얼룩 개가 거드름을 피웠다. 그 틈에 하얀 개가 먹이를 가로채 달아났다. 다리가 짧은 하얀 개는 금방 붙잡혔다.

"이게 어디서 도둑질이야!"

얼룩 개가 사납게 으르렁댔다. 서슬 퍼런 눈빛에 하얀 개가 목을 움츠렸다.

"내가 망을 보면 분명히 나눠 주기로 약속했잖아. 그런데 혼자 독차지하다니. 이렇게 비겁한 짓을 홍이 알면……."

하얀 개는 벌벌 떨면서도 할 말을 했다.

"왜? 홍한테 이르려고? 만약에 홍이 알게 되는 날엔, 너나 나나 뼈도 못 추리는 거 몰라?"

홍이라는 말에 라도 꼬리가 엉덩이 사이로 저절로 말려 들어갔다. 하얀 개는 결국 도망치듯 사라졌다.

그 순간, 라도의 발밑에 있던 마른 낙엽이 눈치 없이 부서지며 요란한 소리를 냈다.

"거기 누구야?"

얼룩 개는 화들짝 놀라 물고 있던 고기를 떨어뜨렸다. 놀란 건 라도도 마찬가지였다. 얼룩 개의 푹 꺼진 오른뺨 때문이었다. 물린 건지 상처가 꽤 깊었다. 얼룩 개는 반사적으로 얼굴을 돌리더니 라도를 곁눈질했다.

"나, 난 라도라고 해. 혹시 그 먹이 어디서 났는지 가르쳐 줄 수 있어?"

라도가 간신히 물었다

"그걸 내가 왜 알려 줘야 하지?"

"홍한테는 비밀로 할 테니까 먹이가 있는 곳 좀 알려 줘. 새끼를

가진 친구가 있어서 그래. 부탁이야."

라도는 귀를 얼굴에 착 붙인 채 애원하듯 말했다.

"새끼라고?"

얼룩 개의 눈이 동그래졌다. 하지만 그것도 잠시, 다시 눈을 가늘게 떴다.

"그게 나랑 무슨 상관이람. 아무튼 난 모르니까 꺼져."

얼룩 개가 다시 고기를 물었다.

"제발 부탁이야. 거짓말이 아니야."

　라도는 무작정 얼룩 개 앞을 가로막았다. 얼룩 개가 라도를 경계하
며 물고 있던 고기를 내려놓았다. 네 것을 빼앗을 마음이 없다는 뜻
으로 라도가 뒷걸음질을 치자, 얼룩 개가 비로소 눈에 힘을 풀었다.

　"거긴 홍이 도로 너머에 있는 휴게소와 마을에서 가져온 음식들을
숨겨 둔 곳이야. 홍하고 쪼리만 알아. 난 우연히 알게 됐고."

　섬숲에 먹이가 풍부하다는 건 완벽한 거짓말이었던 것이다.

　"하지만 거기가 어딘지는 가르쳐 줄 수 없어. 잘 모르는 개 때문에
나머지 뺨을 내놓기는 싫거든."

얼룩 개는 다시 고기를 꽉 물었다. 그러고는 순식간에 사라졌다.

라도는 가지고 있던 소중한 무언가가 산산이 깨진 것 같았다. 섬숲에 올 때 딱히 큰 기대는 없었지만 작은 설렘은 있었다. 목숨을 걸고 도로를 건넌 것도 그 조그마한 설렘 때문이었다. 그 설렘이 방금 산산조각 나서 형체도 없이 사라졌다. 마음이 헛헛하고 허탈했다. 한편으로는 할매가 이곳에 오지 않아서 얼마나 다행인가 싶었다.

라도는 기운이 빠져 나무 밑에 주저앉았다. 그런데 엉덩이 밑이 물컹했다. 살펴보니 작은 크기의 고깃덩어리였다. 잘못 봤나 싶어 눈을 감았다 떴다. 아까 두 마리가 다투는 통에 살점 일부가 떨어져 나간 모양이었다.

"일어나 봐. 진짜 먹이를 가져왔어."

라도가 바닥에 고깃덩이를 내려놓자 보리와 코털이 코를 킁킁거리며 다가왔다. 보리가 고기를 잘게 자르며 흐뭇한 미소를 지었다.

"냄새 죽인다! 코털, 배고팠지? 먼저 먹어."

보리가 자른 고기 중 가장 큰 덩어리를 코로 밀었다.

"아냐, 너희부터 먹어. 그래야 내 마음이 편해."

"이게 얼마나 된다고 순서를 따지니? 그리고 너 뭐 착각하는 모양인데 이건 널 위해서가 아니라 네 새끼들을 위한 거야. 그러니까 애옹, 못 이기는 척하고 그냥 먹어."

보리의 성화에 코털이 먼저 고기를 먹었다. 보리는 침을 꼴딱꼴딱

삼키며 중간 크기의 고기를 라도 앞으로 밀어 두고, 가장 작은 고기를 자기 몫으로 챙겼다.

"맛있어?"

코털이 수줍게 고개를 끄덕였다.

"다행이다. 근데 세상엔 공짜가 없다잖아. 이거 먹고 괜히 탈 나는 거 아니겠지?"

"그건 두고 보면 알겠지."

라도는 얼룩 개 얘기는 하지 않기로 했다. 알아 봤자 기운만 빠질 게 뻔했다.

간신히 허기를 달랜 셋은 나란히 걸어서 숲길을 통과했다. 숲을 빠져나오니 탁 트인 풍경이 나타났다. 하얀 맨살을 드러낸 민둥산이 보였고, 오른쪽으로는 낮은 산등성이가 굽이굽이 물결을 이루며 길게 뻗어 있었다. 왼쪽은 허허벌판이었고 그 끝엔 보리와 라도가 건넌 6차선 도로가 있었다.

라도는 이제야 섬숲의 지도가 제대로 머릿속에 그려졌다. 6차선 도로 너머에 섬처럼 덩그러니 숲이 있다. 숲 뒤로는 콩깍지처럼 연결된 벌거숭이산들이 어깨동무를 하며 섬숲을 빙 둘러싸고 있었다. 바람에 흙먼지가 부옇게 일더니 섬숲을 덮었다. 가뜩이나 척박한 땅이 더 황량해 보였다.

고양이 냠

라도는 옆구리가 잘려 나간 벌거숭이산을 바라보며 긴 숨을 내뱉었다. 사막 한가운데 서 있는 것처럼 뜨거운 바람이 라도 일행을 휘감고 지나갔다.

보리의 엄마는 어디에 있을까. 고양이들이 있는 곳을 알 길이 없어 무작정 걸었다. 라도 뒤를 애옹, 애옹 하며 보리가 뒤따랐다. 코털 역시 절뚝이면서도 묵묵히 둘을 따랐다.

얼마쯤 걸었을까. 잡풀이 깔린 길이 나타났다. 그 길은 뒷산으로 이어졌다. 코를 씰룩이던 보리가 무슨 냄새를 맡았는지 먼저 그 길로 뛰어들었다. 라도와 코털도 보리 꽁무니를 쫓아갔다.

뒷산은 밑동만 남은 그루터기 천지였다. 주변엔 잘려 나간 잡목

들이 군데군데 쌓여 있었다. 베어 낸 나무가 많은 탓에 그늘이 없어 무척 더웠다. 보리는 더위 따위는 문제가 되지 않는다는 듯 열심히 걸었다. 라도와 코틸은 보리와 한참 떨어져 걸었다. 코틸이 보리의 빠른 걸음을 쫓아갈 수 없었기 때문이다.

보리가 걸음을 멈춘 곳은 산 중턱이었다. 그보다 높은 둔덕에 검은색 줄무늬가 있는 밤색 고양이 한 마리가 앞발을 가지런히 모으고 보리를 바라보고 있었다. 양쪽에는 새끼로 보이는 어린 고양이 두 마리도 함께였다.

"엄마?"

보리가 고양이를 향해 달려갔다. 이렇게 쉽게 엄마를 찾았다고? 라도는 긴가민가하며 따라가려는 코틸을 멈춰 세우고 나무 뒤로 숨었다.

"엄마, 저 보리예요."

보리는 고양이 근처로 달려가 걸음을 멈추고는 미오, 미오 하고 낮게 울었다. 엄마가 맞는지 묻는 소리 같았다. 그러고는 다시 조심조심 앞으로 걸어갔다. 그런데 줄곧 지켜만 보던 줄무늬 고양이는 보리가 가까이 오자 번개처럼 몸을 날렸다. 보리는 깜짝 놀랐는지 그 자리에 얼어붙었다. 순식간에 줄무늬 고양이가 보리를 덮치며 사납게 하악질을 했다.

"세상에!"

코털이 절룩거리며 앞으로 뛰쳐나갔다. 라도도 엉겁결에 뒤를 쫓았다.

"네 정체가 뭐야? 저 개들은 또 뭐고?"

줄무늬 고양이가 보리 가슴을 발로 누르며 앙칼지게 소리쳤다.

"걱정하지 마. 우린 보리의 친구야!"

코털이 달래듯 말했다. 그런데도 안심이 안 되는지 줄무늬 고양이는 발톱으로 보리의 목을 더 세게 눌렀다. 새끼를 지켜야 하는 어미는 종을 가리지 않고 위험하다. 라도는 코털을 설득해 뒤로 물러났다.

"애옹, 놀라게 했다면, 켁켁! 미, 미안해요."

그제야 줄무늬 고양이가 목을 누르던 앞발에 힘을 뺐다. 저만치에
있던 새끼 고양이들이 가냘픈 소리로 울었다. 줄무늬 고양이는 곧
장 달려가 새끼들을 품에 안았다.

"미안해요. 놀라게 할 마음은 없었어요. 혹시 내 엄마인가 싶어서
……."

보리가 줄무늬 고양이 쪽을 보며 연신 머리를 조아렸다.

"엄마라고? 난 너 같은 고양이는 낳은 적 없어. 애들이 내 첫 새끼
거든."

실망했는지 보리는 털썩 주저앉았다.

"너희 엄마가 어떻게 생겼는데?"

줄무늬 고양이가 한결 부드러워진 목소리로 물었다.

"당신과 똑같은 검은 줄무늬를 가졌고, 목에는 상처 자국도 있어
요."

"상처라고?"

줄무늬 고양이가 목소리를 높였다. 보리가 고개를 끄덕였다.

"혹시, 쟈칼 아줌마를 말하는 거니?"

"말이 잘 안 들려요. 제가 가까이 가도 될까요?"

"안 돼. 내 새끼들이 지금 떠는 거 안 보이니? 그리고 너랑 같이 다니는 저 개들이 있는 한 안 될 말이야."

보리가 뒤를 홱 돌더니 라도에게 더 멀찍이 물러서라고 눈치를 줬다. 라도와 코털은 훨씬 먼 곳으로 떨어졌다. 그러는 와중에도 코털은 안심이 안 되는지 자꾸 보리를 살폈다. 라도도 귀를 한껏 세워 둘의 대화를 놓치지 않으려 애썼다.

그제야 줄무늬 고양이는 보리에게 다가갔다.

"쟈칼 아줌마는 여기 없어. 떠났어."

"떠났다고요? 어디로요?"

"떠돌이 고양이들이 주소를 남기지는 않으니 정확한 장소는 모르지만, 이 숲 가장자리 어딘가에 있을 거야. 배가 불러 와서 멀리 못 갔을 테니까."

"엄마가 또 새끼를 가졌나요?"

"그럼. 암컷 고양이가 새끼를 낳고 독립시키는 일은 본능이야. 네가 왜 쟈칼 아줌마를 찾는지는 모르겠지만 찾지 않는 게 좋을 거야. 네가 자칼 아줌마 새끼일지라도 지금 뱃속에 있는 새끼보다 소중하진 않을 테니까."

엄마가 또 다른 새끼를 가졌다면 보리의 존재는 까맣게 잊었는지도 모를 일이다. 그래도 라도는 보리가 부러웠다. 엄마에 대한 기억이 완전히 없는 자신보다 나으니까.

"이제 넌, 엄마의 경쟁 상대일 뿐이고 침입자일 뿐이야."

"저는 엄마에게 용서를 빌고 싶어요. 저 때문에 언니하고 동생이 사람들한테 잡혀갔거든요."

"아!"

귀를 쫑긋 세운 라도 입에서 짧은 탄성이 나왔다. 독립할 나이에 굳이 엄마를 찾는 보리가 이해되지 않았는데 이제야 그 이유를 알 것 같았다.

"인간 때문에 네가 죄책감을 가질 필요는 없어. 인간의 힘은 막강해서 우리 힘으로 어쩌지 못하잖니. 그러니 네 탓이 아니야."

"엄마는 그렇게 생각하지 않을 거예요. 밖으로 나가지 말라는 엄마 말만 들었어도……. 언니와 동생이 그렇게 되지는 않았을 테니까요."

보리가 울먹였다. 라도는 당장이라도 달려가 보리를 꼭 안아 주고 싶었다. 그런 아픈 사연을 감추고 밝게 사느라고 얼마나 힘들었을까. 새끼를 가진 코틸을 각별하게 생각한 것도 이제 이해가 갔다.

"너희 엄마는 이미 다 용서했을 거야. 가족이잖니."

"정말 그럴까요?"

"당연하지. 각자의 자리에서 열심히 살면 그걸로 충분해. 네가 잘 사는 것을 너희 엄마도 더 바랄 거야. 아무튼 만나서 반가웠다. 내 이름은 냠이야. 어떤 이유든 오랜만에 날 찾는 이가 있어서 반가웠어."

냠이 다가와 보리 털을 가만히 핥아 주었다. 보리는 뺨을 내밀며 갸르랑 소리를 냈다.

"잠깐이지만 정말 행복했어요. 고마워요."

보리가 냠 가슴에 머리를 비볐다. 그리고 냠 너머로 보이는 새끼에게 앞발을 흔들었다.

"잘 가렴. 엄마를 만나거든 안부 꼭 전해 주고."

냠이 새끼를 데리고 언덕 너머로 사라졌다. 보리는 냠이 사라진 뒤에도 한참을 제자리에 서 있었다.

"괜찮아?"

라도가 다가갔다. 보리가 빨갛게 된 눈을 반달로 만들었다.

"아니. 안 괜찮아. 진짜 엄만 줄 알았거든."

"곧 찾게 될 거야. 아까 냠이 너희 엄마 있는 곳을 알려 줬잖아."

코털이 보리 얼굴을 핥으며 위로했다.

"맞아. 그나마 다행이지, 뭐. 하! 그나저나 여기 너무 덥다."

보리는 애써 웃으며 걸음을 재촉했다. 코털이 재빨리 보리 꽁무니를 따라갔다.

위로하는 데 재주가 없는 라도는 말없이 보리를 쫓아갔다. 오늘따라 보리 뒷모습이 쓸쓸했다. 축 처진 꼬리와 푸석한 털이 보리 마음 같았다.

그나저나 약속한 날이 이제 겨우 하루 남았다. 라도는 갑자기 목이 텁텁해짐을 느꼈다.

용기를 모아, 모아

뒷산을 나오니 제법 부드러운 바람이 불었다. 바람은 보리의 거칠
어진 털을 부드럽게 훑고 지나갔다. 보리는 눈을 감고 한참을 서서
바람을 맞았다. 쓸쓸한 얼굴이었다.

"난 엄마 얼굴도 모르는데, 넌 좋겠다!"

코털이 말했다.

"안다고 다 좋은 건 아냐. 더 그립거든."

보리의 대답에 라도는 문득 주인과 할매가 생각났다. 태어나자마
자 애견 가게에 보내져서 엄마 얼굴은 기억조차 없다. 하지만 자기
를 버린 주인의 얼굴은 또렷하게 떠오른다. 그때마다 마음 한구석
에서 귀뚜라미가 운다. 할매가 생각날 때는 힘이 쭉 빠지면서 마음

에 물이 찰랑거린다. 그러면 여지없이 눈물이 났다.

"다른 건 몰라도 너희 엄마는 내가 반드시 찾아 줄게. 그러니까 너무 실망하지 마."

생각지도 못한 말에 보리가 놀란 눈을 했다.

"라도, 정말이야?"

보리 눈이 동그래졌다.

"홍이 방해하지만 않는다면."

"그땐 같이 도망가야지."

보리가 그제야 밝게 웃었다.

"근데 너희 엄마 이름 진짜 멋져! 쟈칼이라니. 내 새끼에게 그 이름을 지어 줄 거야."

코털이 자기 배를 내려다보며 빙긋 웃었다.

"애옹, 뭘 그렇게까지."

말은 그렇게 하면서도 보리 입가에 미소가 묻어 떠나지 않았다.

라도도 오랜만에 기분이 좋았다. 할매가 알면 잘하고 있다고 칭찬하겠지.

할매가 죽기 전에 라도에게 당부한 말은 두 가지였다. 하나는 섬숲에 가서 자유롭고 행복하게 사는 것, 다른 하나는 약하고 위험에 처한 동물을 외면하지 않는 것. 첫 번째는 어려워 보이지 않았지만, 두 번째는 자신이 없었다. 그래서 그땐 시원하게 대답을 못 했다.

덩치만 컸지 세상에서 제일 겁 많은 자신이 어떻게 남을 도울까 싶어서였다. 그런데 막상 눈앞에 닥치니 생각보다 몸과 마음이 저절로 움직였다. 외면하지 않고, 공감해 주고, 같이 걷고, 같은 곳을 바라보는 것만으로도 가능한 일이었다. 보리와 코털을 만나지 않았다면 깨닫지 못했을 거라는 생각에 라도는 이 순간이 너무 소중했다.

"보리, 코털 보금자리도 빨리 알아봐야 너희 엄마를 찾지. 그러니까 부지런히 걷자."

멋진 미래를 상상하며 산을 내려오는데 누군가 길을 막았다. 홍과 쪼리 그리고 부하들이었다. 라도는 버릇처럼 움찔하고 말았다. 보리 엄마를 찾을 때까지 섬숲을 떠나지 않겠다는 다짐이 홍을 보는 순간 흐물흐물해졌다.

"여길 떠나라는 말이 그렇게 우습게 들렸냐?"

쪼리가 나서서 버럭 소리쳤다.

"할 일이 끝나면 쫓아내지 않아도 우리 발로 갈 테니까 걱정 마."

보리가 대차게 굴었다.

"약속하고 다르잖아."

부하 중 하나가 말했다.

"우리가 숨겨 둔 먹이까지 훔쳐 먹은 주제에 뻔뻔하기까지 하네."

또 다른 부하가 말을 보탰다.

혹시 그 얼룩 개가 먹이를 훔쳐 먹은 걸 들켰나? 그 바람에 라도

핑계를 댄 걸지도 모른다. 라도는 얼룩 개가 무사한지 걱정이 됐다.

"난 훔치지 않았어. 그건…… 정말 우연히 발견한……."

여기저기서 비웃음이 쏟아졌다. 가장 크게 웃은 건 쪼리였다. 홍이 앞으로 나서자 웃음이 멈췄다.

'라도, 겁이 날 때는 상대의 눈을 똑바로 봐. 상대의 눈을 뚫어져라 보는 것만으로도 절반은 이기는 거야. 그런 걸 기선 제압이라고 한단다.'

동네 개들에게 실컷 당하고 돌아오던 날, 할매가 했던 말이다. 그말을 떠올리며 홍을 뚫어지게 쳐다봤지만 생각보다 쉽지 않았다. 반면에 홍은 눈빛 하나로 상대를 제압하는 능력을 가졌다.

"우, 우린 떠나지 않을 거야. 우리는 이곳에 있을 자유가 있어. 여긴 동물들의 지상 낙원이니까."

라도는 눈을 질끈 감고 말했다. 갑자기 주변이 조용해졌다.

"뜻이 그렇다면 어쩔 수 없지. 쪼리, 경고가 협박이 아니라는 걸 보여 줘."

홍이 명령을 내리자 쪼리가 앞으로 나섰다.

"이러지 마. 우리 대화로 해결해."

대화라니. 라도는 자기가 말하고도 어이가 없었다.

"훗! 나도 너 같은 오합지졸을 상대하고 싶지는 않아. 하지만 이렇게 해야 이곳의 질서가 유지되거든."

쪼리가 빈정거리며 다가왔다. 라도는 저도 모르게 두 발짝 뒤로 물러났다.

홍이 왈! 하고 짖는 것을 신호로 쪼리가 순식간에 달려들었다. 라도는 흠칫 놀라며 몸을 피했다. 쪼리가 바닥을 뒹굴었다. 먼지가 풀풀 날렸다. 공격이 실패하자 쪼리 눈빛이 사나워졌다.

"난 싸우고 싶지 않아. 그러니 제발……."

라도 말이 끝나기도 전에 쪼리가 다시 달려들었다. 이대로 죽겠구나 하고 라도는 눈을 질끈 감았다. 그런데 아무 일도 일어나지 않았다. 슬그머니 눈을 떠 보니 보리가 쪼리 등에 올라타서 귀를 사정없이 물고 있었다. 쪼리가 몸을 흔들자 보리가 바닥으로 나동그라졌다.

"보리!"

정신이 번쩍 든 라도는 무작정 쪼리에게 돌진해 배를 가격했다. 충격에 쪼리가 저만치 나가떨어졌다.

"뭐야? 갑자기 무슨 약이라도 먹은 거야?"

쪼리가 일어나려 애를 쓰며 말했다.

"보리! 너 빨리 코털 데리고 멀리 가."

라도는 거친 숨을 내쉬었다.

"홍, 우린 진짜로 싸울 마음 없어. 그러니까 지금이라도 우릴 보내 줘. 부탁이야."

라도는 홍에게 간절하게 부탁했다. 홍은 그럴 마음이 없는지 입을 꾹 다물었다. 순간 섬숲의 수호자인 척하면서 부하들 뒤에 숨어 있는 홍이 역겨웠다. 저런 애가 여기 대장이라면 굳이 이곳에 머물 이유가 있을까? 라도는 저도 모르게 이를 바득거렸다.

"그렇다면 나도 어쩔 수 없지."

라도는 홍을 향해 몸을 낮췄다. 어차피 지는 싸움이라면 대장하고 싸우다 지는 게 나을 것 같았다.

라도가 갑자기 달려들자 방심하고 있던 홍이 바닥으로 나동그라졌다. 라도는 재빨리 홍의 가슴을 앞발로 짓눌렀다. 홍이 놀라서 눈을 크게 떴다.

"홍, 우리가 같이 상대할게."

부하들이 대장을 위해 나설 기미를 보이자 라도가 외쳤다.

"비겁하게 굴지 말고 정정당당하게 하자!"

그러자 홍이 라도를 밀치고 일어나 라도 앞에 섰다.

"기꺼이 받아들이겠어."

라도는 힘껏 달려가 홍의 엉덩이를 물었다. 하지만 홍의 근육은 무쇠였다. 이빨이 들어가기도 전에 홍의 뒷발질에 쓰러지고 말았다. 하늘이 노래지고 머리가 빙글빙글 돌았다.

"뜻밖이군. 난 네가 우리를 보자마자 삼십육계 줄행랑을 칠 줄 알았거든. 그런데 보기보다 근성이 있네. 그 정도 배짱이면 여기서 사

는 데 무리는 없겠어."

홍이 거친 숨을 내쉬며 말했다.

"너한테 칭찬받으려고 싸우는 거 아냐. 여기서 살 생각은 더더욱 없고."

라도는 젖 먹던 힘까지 끌어모아 또다시 홍을 공격했다.

"으, 으윽! 케켁, 켁켁!"

이번에는 목덜미였다. 급소를 물리자 홍은 고통에 신음했다. 깜짝 놀란 부하들이 라도에게 달려들어 사정없이 공격했다. 칼날로 긋는 것 같은 아픔에도 라도는 끝까지 홍의 목덜미를 놓지 않았다. 그때 깨갱, 깨갱 울부짖는 코털의 소리가 들렸다. 라도는 저도 모르게 소리 나는 쪽을 봤다. 그 순간, 날카로운 이빨이 옆구리를 깊숙하게 찌르고 들어왔다. 라도는 악 소리도 지르지 못하고 바닥에 쓰러져 정신을 잃었다.

사라진코털

"라도, 정신 차려. 라도!"

보리가 라도 귀에 대고 소리를 질렀다.

"정신 차리라고. 제발!"

울먹이는 목소리에 라도는 가까스로 눈을 떴다.

"윽!"

옆구리에 강한 통증이 느껴졌다. 숨이 턱 막힐 정도였다.

"괜찮아?"

보리가 코를 홀쩍였다. 라도는 대답 대신 누워서 힘겹게 숨을 토해 냈다.

"나도 잠깐 정신을 잃었었어. 쪼리가 날 물어서 멀리 던져 버렸거든. 정신 차리고 보니까 코틸도 너도 없는 거야. 다행히 주변을 살피다가 쓰러져 있는 널 발견했어. 코틸은 온데간데없이 사라지고."

"사라졌다고?"

라도는 힘겹게 고개를 들어 보리를 쳐다봤다. 보리가 두 개였다가 다시 하나로 보였다.

"애옹, 코틸보다도 네가 걱정이야. 일단 좀 쉬자."

보리는 부지런히 옆구리의 상처를 핥아 주고, 마른 나뭇잎을 잔뜩 가져와 누운 자리에 깔아 줬다. 라도는 긴장이 풀려 까무룩 잠이 들었다.

시간이 얼마나 흘렀을까. 꼬박 하루 혹은 이틀은 죽은 듯이 잔 모양이다. 눈을 떴더니 보리가 통통한 애벌레 한 마리를 라도 앞에 내려놓았다. 애벌레가 도망가려고 하면 보리가 앞발로 꾹 눌러 도망 못 가게 했다.

"나 배 안 고파."

라도가 고개를 돌렸다.

"빨리 나으려면 뭐라도 먹어야지. 애옹, 눈 딱 감고 먹어."

보리가 애벌레를 코앞으로 들이댔다. 라도는 하는 수 없이 애벌레를 입에 물었다. 입술 끝에서 애벌레가 요동을 쳤다. 살기 위한 몸부림이었다.

"미안. 안 먹을래."

라도 입에서 뚝 떨어진 애벌레는 정신없이 기어갔다. 보리는 멀어
지는 애벌레를 보며 입맛을 다셨다.

"그나저나 코털은 어디로 간 걸까. 설마 홍이 잡아간 건 아니겠
지?"

홍과 싸운 건 정말 무모한 짓이었다. 대장을 이기면 쫓기듯 섬숲
을 나가지 않아도 될 것 같았는데, 한참 잘못된 판단이었다. 홍은
쉬운 상대가 아니었다. 처음부터 눈먼 고기는 먹지 않았어야 했다.
라도는 이 모든 게 꼭 자기 탓만 같았다.

"코털은 걱정 마. 무슨 일이 있어도 내가 꼭 찾아낼 테니까."

라도는 이를 악물었다.

시간이 지나자 통증은 조금씩 가라앉았다. 보리가 잠을 푹 자야
얼른 낫는다고 해서 애써 잠을 잔 것도 한몫했다. 몸 여기저기를 조
금씩 움직여 봤다. 그런 뒤에 몸을 일으켜 세웠다. 옆구리가 뻐근했
다. 다리도 부들부들 떨려 몸을 일으키는 연습을 해야 했다.

"애옹, 무리하지 말라니까. 정말 괜찮겠어?"

라도가 일어났다 쓰러지기를 반복할 때마다 보리가 불안한 듯 주
위를 맴돌았다. 마음이 급한 라도는 간신히 네 다리를 딛고 서서 코
털 냄새에 집중했다. 그런데 이상하게 냄새가 안 났다. 그렇게 한참
을 킁킁대다가 가까스로 코털 냄새를 맡았다.

"찾았다. 이쪽이야!"

라도는 냄새나는 쪽으로 빠르게 걸었다. 발이 땅에 닿을 때마다 뼈마디가 욱신거렸지만, 그런 것쯤은 상관없었다.

얼마나 갔을까. 라도는 멈춰서 주위를 뱅뱅 돌았다.

"애옹, 대체 뭣 때문에 그래?"

"쉿!"

라도가 귀를 세웠다.

쏴아쏴아!

거센 바람이 나뭇가지를 마구 흔들었다. 바람 소리에 음악 소리가 섞여 있었다. 라도는 몸을 바짝 낮추고 언덕 쪽으로 갔다.

위에서 내려다보니 파란 트럭 한 대가 서 있었다. 문이 열린 트럭 안에는 흰 수염을 기른 남자가 대시보드에 발을 올리고 있었다. 조수석에 젊은 남자도 한 명 보였다. 차 안에서 꿍짝꿍짝 음악이 흘러 나왔다. 트럭 짐칸에 있는 커다란 케이지 두 개에는 개들도 있는 것 같았다.

"저 사람들은 뭐지?"

보리가 고개를 쭉 뺐다. 라도는 킁킁 냄새를 맡아 보았다. 트럭 쪽에서 낯설지 않은 냄새가 났다. 어디서 맡은 냄새더라……. 기억은 안 나지만 분명한 건 코털 냄새는 아니었다.

"가자. 코털은 저기 없어."

라도의 재촉에도 보리는 꼼짝하지 않고 트럭만 쳐다봤다.

"가자니까!"

"라도, 저 케이지 안에 있는 개들 말이야."

"왜? 아는 개들이야?"

보리가 고개를 저었다.

"모르면 관심 꺼. 코털이 아니면 다 시간 낭비야."

마음이 급한 라도는 차갑게 말했다.

"애옹, 모른다고 돕지 못할 이유가 없는 건 아니지."

"그렇게 다 돕다가 엄마는 언제 찾을 거야?"

라도는 말해 놓고도 아차 싶었다. 지금 누구보다 엄마를 찾고 싶은 건 보리 자신일 텐데 말이다.

"저기, 내 말은 그게……."

"애옹, 알아. 오지랖 넓은 나 때문에 네가 고생하는 거. 근데 엄마도 중요하지만 당장 내 앞에서 고통받고 힘들어하는 친구가 더 중요하지 않을까? 아무리 모르는 애들이라고 해도 말이야. 우리 모두 처음에는 모르는 사이였지만 서로 도우면서 친해졌잖아."

코틸을 만났을 때도 보리는 같은 선택을 했었다. 보리에게 무엇이 중요한지 라도는 이제 또렷이 알 것 같았다.

"코틸을 하루빨리 찾아내는 것도 물론 중요해. 하지만 저 개들도 코틸 못지않게 위험에 처했을 수도 있어. 그러니까 상태만이라도 확인해 보자. 별일이 없으면 그냥 가도 좋아."

라도와 보리는 언덕을 내려가 커다란 바위 뒤에 몸을 숨겼다. 거기서는 트럭이 아주 잘 보였다. 개 두 마리 중 한 마리는 바닥에 엎드린 채 움직임이 없었다.

"내가 가까이 가서 살펴볼게."

보리가 트럭 쪽으로 쪼르르 달려갔다. 그런데 가다 말고 보리가 우뚝 멈췄다.

"왜 저러지?"

라도는 혼잣말을 하며 트럭 쪽을 기웃거렸다. 가만 보니 큰 개 한 마리가 케이지 안을 빙빙 돌았다. 보리를 보고 흥분한 것 같았다. 라도는 몸을 바짝 낮춰 상태를 지켜봤다. 그사이 보리는 트럭 밑으로 숨어 라도에게 빨리 오라는 듯 앞발을 까불렀다. 막 몸을 일으켜 트럭 쪽으로 가던 라도는 케이지를 보는 순간, 그 자리에 우뚝 섰다.

"흥!"

라도 목소리가 바르르 떨렸다.

홍을 구해라!

　머릿속이 엉킨 실타래처럼 복잡했다. 케이지 안에 왜 홍이 있는지 아무리 생각해도 이해가 안 됐다. 라도를 공격할 때까지만 해도 세상을 다 가진 것처럼 굴던 녀석이었다.

　라도는 눈에 단단히 힘을 주고 케이지로 갔다. 케이지에서 고약한 냄새가 났다. 개 주위로 파리가 왱왱 날아다녔다. 미동하지 않는 걸 보니 죽은 것 같았다. 라도는 눈을 질끈 감고 깊은 숨을 토해 냈다.

　트럭으로 올라선 보리도 죽은 개를 보더니 등을 돌려 어깨를 들썩였다. 그러고는 홍을 노려봤다.

　"누군가 했더니 너희였군. 그래, 그사이 엄마는 찾았나?"

　케이지 안에서도 홍은 당당했다. 옆에 죽은 개가 있든 말든 상관

87

없다는 표정에 라도는 당장이라도 이곳을 뜨고 싶었다.

"도대체 어떻게 된 거야? 코털은?"

라도가 흥분을 가라앉히며 겨우 물었다.

"코털? 아! 그 임신한 개 말이군. 미안하지만 난 몰라. 하지만 어디 있는지 짐작은 가."

"거기가 어딘데?"

보리가 다그쳤다.

"알고 싶어? 알고 싶으면 당장 날 여기서 꺼내."

꺼내 달라고 애원해도 모자랄 판에 꺼내라고 명령하는 모습이라니. 갇혀 있는 처지에도 뭐가 저리 당당하나 싶었다. 때마침 빗방울이 하나둘 떨어졌다. 하늘을 보니 어느새 먹구름이 뒤덮고 있다.

"비가 오기 전에 서둘러야 할 거야."

"애옹, 웃기시네. 비가 너랑 무슨 상관이라고."

보리가 콧방귀를 꼈다.

"비가 오면 코털 찾는 일이 두 배로 힘들어질 거야. 냄새가 싹 사라지니까."

맞는 말이었다. 하지만 홍을 정말 도와야 할까? 누구 때문에 코털이 사라졌는데. 라도는 홍을 보며 이를 갈았다.

"우리가 왜 널 도울 거라고 생각하지?"

"훗, 코털 안 찾고 싶어?"

홍은 코털이 있는 곳을 아는 것처럼 말했다.

"어떻게 할까?"

라도가 보리에게 물었다.

"넌?"

보리가 되물었다.

"잘 모르겠어."

"마음 같아서는 두고 가고 싶지만, 코털을 찾을 수 있는 유일한 방법이니……. 어쩔 수 없지. 이봐, 홍. 우리가 어떻게 하면 돼?"

보리가 답을 내렸다. 그 모습에서 할매가 보였다. 할매는 뭐든 판단이 빨랐다. 할매는 그걸 세월의 지혜라고 했다. 어린 보리에게 세월의 지혜가 있을 리 만무하다. 다만 코털을 구하고 싶은 간절한 소망이 보리에게 빠른 판단과 추진력을 가지게 한 게 아닌가 싶었다.

"케이지에 걸쇠 보이지? 그걸 위로 툭 쳐서 올리면 돼."

홍이 녹슨 걸쇠에 걸린 고리를 가리켰다.

"대신 약속을 어기면 이번에는 널 살려 보내지 않을 거야."

보리가 이빨을 드러냈다. 홍이 히죽 웃더니 걱정 말라고 했다.

보리는 서둘러 케이지에 걸린 걸쇠에 앞발을 가져다 댔다. 그런데 걸쇠가 녹이 슬어서 잘 올라가지 않았다.

"내가 해 볼게."

라도가 대신 커다란 앞발로 걸쇠를 밀었다. 뻑뻑하던 걸쇠가 조금씩 밀려 올라갔다.

"애옹!"

걸쇠를 막 빼려는 순간, 망을 보던 보리가 신호를 보냈다. 열려 있던 트럭 문으로 사람 다리 하나가 쑥 나온 것이다. 라도는 걸쇠를 밀다 말고 트럭 밑으로 숨었다. 홍도 아무 일 없다는 듯 자리에 엎드렸다.

흰 수염을 기른 늙은 남자가 차에서 내려 하품을 쩍 했다. 그리고 곧 케이지 안을 살폈다. 조수석에 타고 있던 젊은 남자도 따라 내렸다.

"이 녀석 불개 맞죠? 우리나라 토종 개. 이런 개가 어쩌다가 들개가 된 걸까요? 아무튼 우린 운이 무지하게 좋아요. 덕분에 돈 좀 만져 보게 됐으니. 그런데 죽은 개는 어떡할까요?"

젊은 남자가 흰 수염에게 물었다.

"적당한 곳에 던져 버려. 사방이 개 무덤인데 뭐가 걱정이야."

흰 수염이 하얀 목장갑으로 옷에 묻은 먼지와 개 털을 털었다.

"그나저나 이제 초여름인데 벌써부터 비가 이렇게 많이 오면 어떡하라는 거야? 가뜩이나 개 공장에서 나오는 오물로 강물에서 악취가 심하다고 시청에서 난린데, 비까지 자주 오면 골치 아파지겠어."

흰 수염이 운전석에 오르며 투덜댔다.

"누가 아니래요. 툭하면 동물 단체에서 와서 신고한다 어쩐다 하면서 들락거릴 땐 확 때려치우고 싶어요. 옛날처럼 마구 잡아다가

키워서 식용으로 넘기면 편한데, 이젠 불법 교배에 사체까지 처리
하려니까 일이 두 배라고요."

"그래도 그때보다 돈이 두 배잖아."

흰 수염이 누런 이를 드러내며 웃었다. 젊은 남자도 고개를 끄덕
이며 맞장구를 쳤다.

죽은 개 앞에서 버젓이 돈 얘기라니. 라도는 치가 떨렸다. 라도는
울분을 삼키며 사람들이 차 안으로 들어가는 걸 지켜봤다. 닫힌 문
사이로 다시 음악 소리가 들렸다. 보리가 트럭 위로 올라가 마지막
으로 걸쇠를 밀어 올렸다.

"잘했어."

라도가 앞발로 보리 정수리를 두 번 툭툭 두드렸다.

홍이 문 앞으로 바싹 다가왔다. 이제 문만 열면 된다. 라도는 다시
한번 다짐을 받아 내듯 홍을 뚫어지게 봤다. 홍은 걱정 말라며 빨리
문이나 열라고 했다. 라도가 앞발로 막 케이지 문을 열려는데 또다
시 차 문이 열리면서 흰 수염이 나왔다. 그때 흰 수염과 눈이 딱 마
주쳤다. 흰 수염이 깜짝 놀라더니 이내 히죽 웃었다.

"이게 웬 떡이냐. 이봐, 빨리 마취총 가져와."

젊은 남자가 얼른 마취총을 가지고 나왔다. 마취총을 본 라도는
온몸이 사시나무 떨리듯 떨렸다.

"라도, 정신 차려!"

홍이 소리쳤다. 하지만 라도는 그
소리가 안 들렸다. 오로지 마취총만 보였다.
젊은 남자가 마취총을 겨누었다. 하얀 거품을 물고 쓰
러지던 할매의 얼굴이 떠오르자 라도는 꼼짝할 수가 없었다. 그
저 몸만 벌벌 떨었다.

'아! 나도 이렇게 죽는구나. 차라리 잘된 일이야. 나 때문에 할매 가 그렇게 죽었으니 당연한 결과지.'

라도는 마지막이지 싶어 보리를 쳐다봤다. 그런데 보리가 사라지 고 안 보였다. 도망간 걸까? 차라리 그러기를 바랐다. 이럴 때는 오 지랖 대신 이기적인 게 현명하다. 라도는 보리가 무사히 엄마를 꼭 만나기를 바랐다.

"으악!"

고통이 짧길 바라며 눈을 감는데 젊은 남자의 괴성이 들렸다. 눈 을 떠 보니 남자가 총 대신 한쪽 발을 들고 경중경중 뛰고 있었다.

"뭐야?"

흰 수염이 소리치며 고개를 돌리는데 보리가 순식간에 흰 수염 얼굴을 할퀴었다. 흰 수염 얼굴에 세 줄의 붉은 상처가 생겼다.

"이런 제길!"

흰 수염이 상처를 누른 채 보리를 잡으려고 손을 뻗었다. 보리는 약 올리듯 흰 수염 머리 위로 올라가 머리카락을 마구 헝클이고는 땅으로 사뿐 내려앉았다. 흰 수염이 괴성을 질렀다.

"라도, 서둘러!"

그사이 케이지 문을 밀고 나온 홍이 언덕 쪽으로 뛰었다. 가까스로 정신을 차린 라도와 보리도 잽싸게 홍을 따라 뛰었다. 차 시동 소리가 들렸지만, 그것으로 끝이었다.

한참을 뛰어가던 홍이 부러진 나무 앞에서 멈췄다.

"라도, 대체 아까 그게 뭔데 그렇게 겁을 낸 거야?"

홍이 거친 숨을 토해 내며 물었다. 라도는 마취총은 생각도 하고 싶지 않아 입을 꾹 다물었다.

"딴소리 말고 이제 말해. 코털 어디 있어?"

보리가 홍을 다그쳤다.

"쪼리가 개 공장으로 데려갔을 거야. 녀석은 전부터 코털을 탐냈 거든."

라도는 문득 코털이 했던 말이 생각났다. 들개한테 공격을 당했었다는 말.

"품종 좋은 개가 새끼까지 가졌으니 오죽 탐나겠어. 코털을 유인해서 사람들에게 넘기면 힘들이지 않고도 음식을 얻어먹을 수 있으니 코털만큼 좋은 먹잇감도 없지."

홍은 자기를 사람들에게 넘긴 것도 쪼리라고 했다. 함께 섬숲으로 왔고 함께 질서를 만들었던 동료였지만, 쪼리는 거기서 만족하지 못했다. 전부터 이곳을 자기 왕국으로 만들려고 호시탐탐 기회를 노렸다며 홍은 덤덤하게 말했다.

"섬숲도 인간들이 오기 전까지는 동물들의 지상 낙원이었어. 먹이는 풍부하지 않았지만 서로 의지하고 어울려 살았지. 사람들이 들어와 개 공장을 짓고 주변 땅을 파헤치기 전까지는 말이야."

홍은 거기까지 말하고 한숨을 푹 내쉬었다. 깊은 침묵 사이로 바람이 불어왔다. 흙먼지를 머금은 냄새였다.

"섬숲이 사람들 차지가 되는 건 순식간이더라고. 개나 고양이들은 그런 사람들을 피해 도망가거나 잡혀가기 일쑤고."

"그래서 그 규칙이라는 걸 만든 거야?"

"시작은 사람들로부터 서로를 보호하기 위함이었는데, 끝이 이럴 줄은 꿈에도 몰랐어."

홍의 얼굴에 그늘이 가득했다.

"사람들과 타협하지 않고 오히려 사람을 위협하는 나를 쪼리는 정말 답답해했어. 사람들에게 적당히 빌붙어 살면 굶을 이유가 없는

95

데 내가 고집을 피운다고. 하지만 처음부터 그럴 마음이었으면 난 이곳에 오지도 않았을 거야. 굶어 죽는 한이 있어도 사람들에게 맞추면서 나를 잃고 싶진 않았으니까."

홍은 한때 잘나가는 경찰견이었다고 했다. 실종된 사람도 여럿 찾아 포상도 많이 받았지만 심한 열병을 앓고 난 뒤 후각을 잃어버리고 직업은 물론 명예도 잃어버렸단다.

"쓸모가 없어지면 가차 없이 버리더라고. 물론 안 그런 사람도 있겠지만 내 경우에는 그랬어. 후각을 잃고 퇴직한 경찰관 집에서 살았는데, 술 먹고 담 넘어 들어오는 그 집 아들을 도둑으로 알고 물었다가 안락사를 당할 뻔했어. 탈출을 했으니 망정이지 아니었으면 지금쯤 개 귀신이 됐을 거야. 이런 걸 견생무상이라고 한다나. 하하하!"

홍이 억지웃음을 지었다. 라도는 마음이 아팠다. 홍에게 그런 아픈 사연이 있을 거라고는 생각하지 못했다. 그렇다고 해서 홍의 잘못이 덮어져서는 안 된다. 라도는 약해지려는 마음을 다잡고 홍을 뚫어져라 바라봤다.

"거기가 어디야? 코털이 있다는 개 공장."

"동쪽으로 쭉 가면 나와. 그곳에 코털이 있을 거야."

라도는 동쪽으로 고개를 돌려 냄새를 맡았다. 귀가 뒤로 한껏 젖혀졌다. 좋은 예감이었다.

"미안했다."

홍이 툭 던진 말에 라도는 귀를 쫑긋거렸다. 사과 같은 건 안 할 줄 알았는데 의외였다. 보리도 흠칫 놀라며 홍을 봤다.

"이게 다 나 때문에 벌어진 일이야. 쪼리 태도가 달라졌을 때 미리 설득하고 제압을 했더라면 이런 일도 없었을 텐데."

홍이 한숨을 내쉬었다.

"작정하고 배신하면 누구도 못 막아. 그러니까 지금은 스스로를 탓하기보다 섬숲을 원래대로 돌려놓을 생각부터 해. 그게 네가 반성하는 길이야."

"그래. 그래야지."

홍이 뭔가를 결심한 듯 꼬리를 세웠다.

"일단 우리는 개 공장으로 갈게."

"먼저 가. 난 아지트로 가서 쪼리와 부하들을 만날 생각이야."

홍은 서쪽으로 달려갔다. 라도와 보리는 반대쪽으로 달렸다. 개 공장에서 두려움에 떨고 있을 코털을 생각하니 라도는 마음이 바빴다. 나무 위에서 종달새가 시끄럽게 울어 댔다. 빨리 가라고 재촉하는 소리로 들렸다.

개
공장

　동쪽으로 가면 갈수록 코털 냄새가 진하게 나는 듯했다. 금방이라
도 코털을 만날 것 같은 기분에 다리가 한없이 가벼웠다. 파랗던 하
늘이 노랗고 빨갛게 변하더니 곧 어두워졌다.

　"어! 다시 빗방울이 떨어져."

　비가 내렸다. 달은 어느새 구름 뒤로 사라졌다. 여름 날씨가 변덕
이라는 걸 모르는 바는 아니지만 요 며칠은 정말 짓궂다 못해 못됐
다고 할 정도로 제멋대로다.

　"비 한번 무섭게 내린다."

　보리가 몸을 떨었다. 방금 전까지만 해도 한 방울씩 떨어지던 비
가 금세 작대기 꽂히듯 땅에 내리꽂혔다. 바람까지 세차게 불어 아

름드리나무 아래도 안전하지 않았다. 보리는 빗물이 몸에 닿자 질색했다.

"애옹, 진짜 비 지긋지긋하다. 이러다 감기 드는 거 아닌지 몰라."

보리는 코를 훌쩍거렸다. 라도는 슬쩍 보리 앞으로 자리를 옮겨 온몸으로 비바람을 막았다. 보리가 감동한 얼굴을 했다.

"처음 널 만났을 때는 생긴 거와 달리 너무 까칠해서 재수 없었거든. 근데 나 그사이 너한테 스며들었나 봐. 겉은 퉁명스럽지만 속은 누구보다 따뜻한 너를 어떻게 좋아하지 않을 수 있겠니. 애옹, 애옹!"

몸이 오그라드는 칭찬에 라도는 비를 더 열심히 막아야 할 것 같았다.

"코털. 엄마……. 멈춰!"

어느새 비는 그치고 새우잠에 든 보리가 잠꼬대를 했다. 그토록 그리던 이들을 꿈에서 만나나 보다. 라도는 보리가 깰까 봐 부동자세로 날을 꼴딱 샜다. 새벽이 되자 맑고 경쾌한 풀벌레 소리가 울렸다. 찌뿌드드한 몸을 주욱 펴는데 그만 위쪽에 늘어진 나뭇가지를 건드렸다.

"앗! 차가워."

나뭇가지에서 떨어진 빗물을 맞고 보리가 펄쩍 뛰었다. 많이 놀랐는지 털이 다 곤두섰다.

"일어나라고 말로 할 것이지."

물기를 털어 내며 보리가 볼멘소리를 했다.

둘은 몸단장을 하고 곧 길을 나섰다. 폭우로 곳곳이 물웅덩이다. 가뜩이나 배도 고픈데 웅덩이를 피해 다니느라 힘이 두 배로 들었다.

"애옹, 코털이 잡혀 있는 곳이 여기서 멀까?"

지치는지 보리가 자꾸 목적지를 물었다.

"코털이 우리한테 텔레파시를 보내고 있을 거야. 그러니까 더 힘을 내 보자."

라도가 몸을 낮췄다. 올라타라는 뜻이었다. 보리가 질색했다.

"난 네 다리 멀쩡한 건강한 고양이다웅!"

보리가 보란 듯이 성큼성큼 걸어갔다.

얼마쯤 걸었을까. 멀리 주황색 지붕이 보였다. 뛰어가 보니 집 한 채와 까만 천막으로 덮인 길쭉한 비닐하우스 한 채가 있었다.

"혹시 여긴가?"

보리가 라도를 쳐다봤다.

"아무래도 그런 것 같아."

집 입구에 있는 커다란 개집들이 눈에 들어왔다. 개집은 텅 비어 있었지만 낯설지 않은 냄새가 났다.

"너희, 들키고 싶어서 작정한 거야?"

곧장 하우스로 가는데 커다란 들통 뒤에서 꾸짖는 소리가 들렸다. 거기에 홍이 있었다.

"애옹, 너 도대체 언제 온 거야?"

보리가 반갑게 달려갔다.

"지금 그게 중요해? 대놓고 공장으로 들어갔다가 들키면 어쩌려고 그래?"

홍이 한심하다는 듯 혀를 찼다.

"애옹, 도망치면 되지."

보리는 그게 무슨 문제냐는 듯 홍의 걱정을 간단히 비웃었다.

"여긴 개 공장이라고. 사람들한테 발각되면 잡히거나 아니면 죽거나 둘 중 하나야. 물론 길고양이는 예외지만 라도 넌 아니라고."

홍이 개 공장 이야기를 들려줬다. 그 이야기는 충격적이었다. 한때는 식용 개를 사육했지만, 지금은 법으로 금지돼서 이제는 개를 교배시켜서 얻은 새끼를 애견 가게에 판매한다고 했다.

"애옹, 여기가 그런 데였구나."

보리가 그제야 겁을 먹었다.

홍의 말에 의하면 애견 가게에 있는 새끼들 대부분이 개 공장에서 태어난다고 했다. 그렇게 사람 욕심으로 태어나고 버려지는 개들이 라도와 할매, 코털인 것이다. 라도는 자신이 왜 엄마를 기억 못하는지 그제야 알 것 같았다. 젖도 떼기 전에 애견 가게에 팔렸기 때문이었다.

홍의 얘기를 듣고 나니 코털이 더 걱정됐다. 코털이 품종 좋은 개

라면 태어날 새끼들 미래는 빤했다.

"홍, 하나만 부탁할게. 우리가 안에 들어가 코털을 찾는 동안 너는 밖에서 사람들이 나타나면 알려 줘."

"어떻게?"

"가볍게 짖어만 주면 나머지는 나랑 보리가 알아서 할 거야."

"대단한 계획이라도 있는 거야?"

"아니, 여태 그래 왔던 대로 최선을 다할 뿐이야."

홍은 어이없어했다. 그러나 곧 최선을 다해 망을 보겠다고 대답했다. 라도는 홍이 있어서 정말 든든했다. 이젠 홍을 제대로 믿어도 될 것 같았다.

"애옹, 쪼리는 찾았어?"

보리가 물었다. 홍이 비어 있는 개집으로 시선을 돌렸다. 그제야 아까부터 찜찜한 냄새의 정체를 알았다며 보리가 개집에 대고 하악질을 했다. 그건 쪼리 냄새였다.

라도와 보리는 집 주변에 심긴 키 작은 나무를 따라 비닐하우스로 다가갔다. 비닐하우스 앞에서 라도는 귀를 기울였다. 고요했다. 아무 소리도 안 들렸다. 이름 모를 새 소리, 시끄러운 매미 소리, 풀 위로 톡톡 튀어 오르는 방아깨비 소리뿐이었다.

"이 냄새, 코털이 확실해."

보리가 코를 벌름거리며 들어가자고 재촉했다. 라도는 급할수록 돌아가라는 할매 말을 되새김질하며 문을 조심스레 열었다.

비닐하우스 안은 어두컴컴했다. 전등은 많았지만 빛이 약했다. 안개 낀 것처럼 뿌옇기도 했다.

"세상에. 뭐가 이렇게 많아."

어둠에 익숙해지자 보리가 입을 떡 벌렸다. 하우스 안은 통로를 중심으로 무수히 많은 커다란 케이지가 양쪽으로 길게 놓여 있었다. 케이지 안에 있는 건 모두 개였다. 구멍이 숭숭 뚫린 케이지 바닥에 힘없이 엎드려 있었다.

"코털!"

보리의 나지막한 소리에 몇몇이 고개를 들었다. 금세 소란스러워질 게 뻔했다. 라도는 아차 싶었다.

"얘들아, 짖지 말아 줄래? 우린 너희를 해치지 않아. 친구를 찾으러 왔을 뿐이야."

라도는 애원하듯 말했다.

"친구? 좋겠군. 나도 한때 친구가 있었지."

작은 웅성거림 속에서 똑 부러진 목소리가 들렸다. 왼쪽 두 번째 케이지에 있는 금빛털을 가진 요크셔테리어였다.

"그렇게 말해 줘서 고마워. 난 라도야. 코털이라는 친구가 이곳으로 잡혀 왔다고 해서 찾으러 왔어."

라도는 금빛털에게 다가갔다.

"이보게들. 이 친구들이 친구를 찾아 왔다니 너무 놀라지들 말게나. 우리도 한때는 친구가 있었잖은가. 그러니 묻지도 따지지도 말고 친구를 찾아 나갈 때까지 입 딱 닫고 눈 딱 감아 주자고."

금빛털 한마디에 웅성거리던 소리가 뚝 멈췄다.

"어서 친구를 찾게나. 곧 사람들이 먹이를 주러 올 시간이야."

금빛털이 재촉했다.

"고마워! 이름이 뭔지 물어봐도 돼?"

금빛털은 입을 꾹 다물었다. 라도는 더 묻지 않고 보리와 흩어져 케이지 안을 살폈다. 그런데 보리가 난데없이 소리를 꽥 질렀다. 라도가 쏜살같이 달려갔다.

"흡!"

케이지 안을 보고 라도는 숨을 들이켰다. 케이지 안에는 형체를 알아볼 수 없는 주검이 널브러져 있었다.

"이건 아니야."

로드킬 당한 개나 고양이 중에는 이것보다 더 끔찍한 모습으로 죽은 녀석들도 있다. 하지만 여긴 도로가 아니라 개를 키우는 곳이다. 이런 곳에서 왜 이런 모습으로 죽어 있는 건지 라도는 도무지 이해가 안 됐다.

"라도, 미안해. 나 여기서 나가고 싶어."

보리가 괴로운 듯 숨을 헐떡거렸다.

"코털은 괜찮을 거야. 걱정하지 마."

라도가 달래 보았지만 보리는 쉽게 진정이 안 되는지 계속 몸을 떨었다.

"그 친구 이름은 달프였다네."

금빛털이 쓸쓸히 말했다. 라도는 달프라는 이름을 여러 번 되뇌었다. 그리고 부디 저세상에서는 고통 없이 편안하기를 기도했다.

"힘들면 밖으로 나가서 기다려. 코털은 내가 찾을게."

라도는 보리 엉덩이를 떠밀었다. 보리는 바들바들 떨면서 밖으로 나갔다. 솔직히 말하면 라도도 케이지 안을 들여다보기가 겁이 났다. 그럼에도 누군가는 해야 할 일이기에 걸음걸음에 힘을 주었다.

다시 만난 코털

다행인지 불행인지 뒤쪽으로 갈수록 비어 있는 케이지가 많았다. 다만 빈 케이지 속 뜬장 아래로 바싹 말라붙어 있는 무언가가 마음에 걸렸다. 말라비틀어진 것의 정체는 무엇일까? 상상하는 그것만은 아니기를 바라며 라도는 떨리는 다리를 옮겼다.

가다 보니 비닐하우스 한가운데에 수돗가가 있었다. 커다란 물통에는 물이 가득 채워져 있고 주변에는 밑이 검게 그을린 솥단지, 깨진 대야가 어지럽게 놓여 있었다. 물통 위에는 전선이 물에 닿을 듯 아슬아슬하게 늘어져 있었다.

라도는 수돗가를 지나쳐 안으로 들어갔다. 그러다 녹슨 케이지 앞에서 걸음을 멈췄다.

"코털."

엎드려 있던 코털이 고개를 들었다.

"라도!"

코털이 폭우 속 와이퍼처럼 꼬리를 흔들었다.

"살아 있었구나."

라도가 케이지에 코를 박았다.

"보리는?"

"밖에서 네가 나오기를 기다리고 있어. 근데 너……."

새끼 강아지 한 마리가 코털의 품에 폭 안겨 있었다. 그런데 새끼가 조금 이상했다. 코털과 전혀 다른 갈색 털에 작은 눈도 그렇고, 갓 태어났다고 하기엔 털이 보송보송했다.

"보다시피 얘 내 새끼 아냐. 내가 돌보고 있는 새끼 강아지야. 내가 이름도 지어 줬어. 쟈칼!"

"쟈칼이라고? 그럼 네 새끼는?"

코털이 홀쭉해진 자기 배를 내려다보더니 눈물을 뚝 떨어뜨렸다.

"세 마리 모두 죽은 채로 나왔어."

코털은 끝내 울먹거렸다. 사산을 한 건 그날 쪼리한테 배를 걷어차여서 그런 것 같다고 했다. 라도는 무슨 말을 해야 할지 몰랐다. 그날 홍과 싸우지만 않았더라면. 그냥 조용히 여길 나가겠다고 한마디만 했더라면. 라도는 모든 게 후회스러웠다.

"코털, 일단 탈출하자. 여긴 정말이지 있을 곳이 못 돼."

라도는 케이지 문을 열려고 앞발을 들이밀었다. 그런데 코털이 뜻밖의 대답을 했다.

"난 안 가."

"뭐?"

라도가 코털을 빤히 봤다.

"난 지금 여기 있어야 해. 쟈칼이 이제 막 잠에 들었거든."

코털이 잠든 새끼를 따뜻한 눈으로 내려다봤다. 라도는 케이지 고리에 얹었던 발을 툭 떨어뜨렸다.

"코털! 살아 있었구나. 애옹, 근데 얘 왜 여기서 이러고 있는 거야. 빨리 나와. 사람들이 오고 있다고."

언제 왔는지 보리가 발톱으로 케이지를 긁었다. 바깥에서 홍이 킁, 하고 신호를 보내는 소리도 들렸다.

"보리, 나랑 잠깐 얘기 좀 하자."

라도는 보리를 밖으로 데려갔다.

둘이 비닐하우스를 나가자마자 트럭 한 대가 마당으로 들어왔다. 아까 그 트럭이었다. 라도와 보리는 잽싸게 녹슨 기계 뒤로 몸을 숨겼다. 트럭에서 내린 흰 수염은 건물로 들어가고 젊은 남자가 트럭에 있던 케이지를 내렸다. 홍이 있던 케이지는 물론 죽은 개가 있던 케이지마저 텅 비어 있었다. 젊은 남자가 케이지를 마당 한쪽에 툭

111

던져 놓더니 빨간 바가지를 들고 비닐하우스 안으로 들어갔다.

"조금만 늦었어도 들킬 뻔했다."

보리가 가슴을 쓸어내리며 코틸을 왜 데리고 나오지 않았냐고 물었다. 라도가 힘겹게 코틸과 나눈 이야기를 들려주었다.

"내가 조금만 힘이 셌어도 코틸의 새끼들을 지켰을 텐데."

보리가 발톱을 세우며 슬퍼했다. 그때 개 세 마리가 마당으로 들어왔다. 쪼리와 부하들이었다.

"대장, 어디서 무슨 냄새 안 나?"

부하들이 코를 킁킁댔다.

"저 개 공장 안에서 나는 냄새겠지."

쪼리가 별일 아닌 듯 말하고는 개집으로 들어갔다. 라도는 주위를 둘러보다가 언덕에 서 있는 홍을 발견했다. 홍은 꼼짝하지 않고 쪼리가 들어간 개집을 노려보고 있었다. 라도는 보리를 데리고 홍이 있는 언덕으로 올라갔다.

"홍, 너도 봤지? 쪼리."

홍이 고개를 끄덕였다.

"어떡할 거야?"

"이제 생각해 보려고."

홍 목소리가 가늘게 떨렸다. 홍에게 남은 건 복수뿐이리라. 하지만 복수는 또 다른 복수를 낳는 법이다. 둘 때문에 또다시 섬숲에

112

파란이 일까 봐 염려되었다.

"네 기분은 잘 알아. 하지만 싸움은 하지 마."

"그건 내가 판단해. 일단 너희는 코털을 데리고 떠나."

그때, 어떻게 알았는지 쪼리와 부하들까지 언덕으로 올라왔다. 홍이 눈을 치떴다. 라도와 보리는 홍 뒤로 물러났다.

"용케도 살아 왔군."

쪼리가 비웃었다. 그런데도 눈동자는 심하게 흔들렸다.

"누구하고는 달리 아주 용감한 녀석들 덕분이지."

홍은 라도를 쳐다봤다.

"저 겁쟁이가 널 구했다고?"

쪼리가 코웃음을 쳤다. 라도는 조금 멋쩍어져서 괜스레 땅을 내려다봤다. 지금 보니 발가락에 피가 엉겨 붙어 있었다. 아까 홍의 케이지를 열다가 난 상처 같았다. 내내 아픈 줄 몰랐는데 피딱지를 보니 조금 통증이 느껴졌다. 용기를 낸다는 것도 이런 것일까? 누구를 도울 때는 몰랐다가 시간이 지나고 그게 엄청난 용기였다는 걸 깨닫게 되는 것. 세상에 그걸 내가 했다고? 무슨 정신으로 그런 거지? 하며 뒤늦게 심장이 쿵쾅거리는 것.

홍과 쪼리의 눈빛이 공중에서 부딪혔다. 눈싸움만으로도 분위기는 살벌했다. 라도와 보리는 숨을 죽이고 두 마리 개를 쳐다봤다. 부하들은 아까부터 서로 눈치만 봤다. 쪼리 편에 서 있지만 대장이었던 홍을 공격할 마음은 없어 보였다.

"질서를 어지럽혔으니 당장 여길 떠나."

홍이 경고하듯 말했다.

"숲의 주인이 바뀌면 질서도 바뀌는 법이야. 하지만 옛정을 생각
해서 기회를 주지. 부하들 앞에서 망신당하지 말고 저 겁쟁이들 데
리고 곱게 사라져."

도리어 기세등등한 쪼리를 보며 홍이 고개를 저었다.

"쪼리, 우리가 함께 섬숲에 온 이유를 생각해.
이건 아니잖아."

홍이 안 되겠는지 쪼리를 달랬다. 마

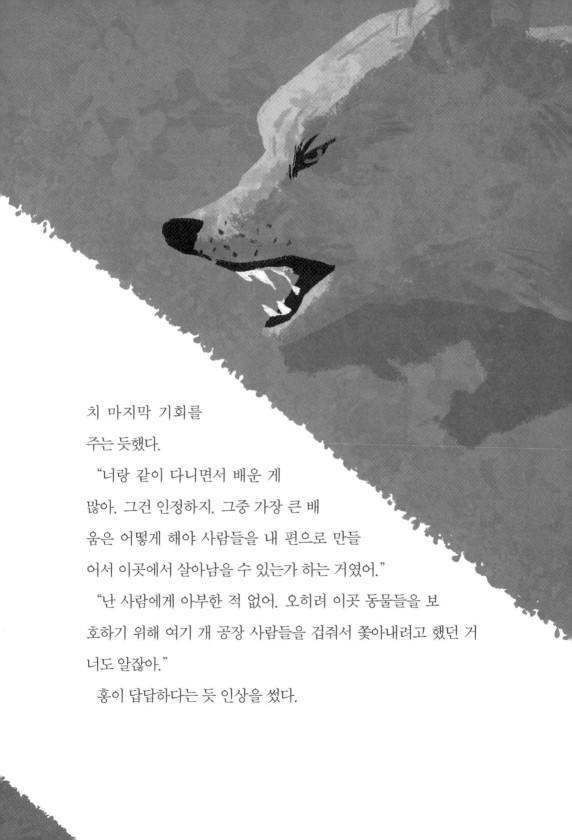

치 마지막 기회를

주는 듯했다.

 "너랑 같이 다니면서 배운 게

많아. 그건 인정하지. 그중 가장 큰 배

움은 어떻게 해야 사람들을 내 편으로 만들

어서 이곳에서 살아남을 수 있는가 하는 거였어."

 "난 사람에게 아부한 적 없어. 오히려 이곳 동물들을 보

호하기 위해 여기 개 공장 사람들을 겁줘서 쫓아내려고 했던 거

너도 알잖아."

 홍이 답답하다는 듯 인상을 썼다.

"바로 그거야. 너처럼 하면 굶어 죽기 딱 좋다는 걸 내가 깨달은 거라고. 그리고 알지? 사람들이 사나운 너 잡겠다고 여기저기 약을 놓는 바람에 죽은 애들이 한둘이 아닌 거. 그러면서 뭐? 보호?"

쪼리가 크게 웃었다.

"그건 나도 미안하게 생각해. 하지만 사람들이 그런 짓까지 할 줄은 정말 몰랐어."

홍이 고개를 떨어뜨렸다.

"들개 취급받으면서 처참하게 사는 것보다 적당히 사람 비위 맞추며 사는 게 현명한 거야. 비록 냄새 못 맡는 반쪽짜리 영웅이지만, 어쨌든 네 혈통을 탐내는 사람들이 많다는 거 알지? 알면 사람들한테 꼬리를 흔들어. 그럼 고생 끝, 행복 시작이야. 나처럼."

쪼리는 한껏 뽐을 냈다. 홍이 한숨을 푹 내쉬었다.

"그렇게 설명했는데도 내 말을 못 알아듣는구나. 그럼 어쩔 수 없지. 라도, 너는 이제 너의 일을 해. 난 이제 내 일을 해야겠어."

그리고 멀찍이 서 있던 부하들에게 외쳤다.

"이건 우리 둘의 문제니까 너흰 빠져. 아니면 자유를 찾아가든지 마음대로 해."

홍 말이 끝나기 무섭게 부하들이 숲으로 줄행랑을 쳤다. 쪼리가 이를 갈며 멀어져 가는 부하들에게 욕지거리했다. 그럼에도 부하들은 뒤도 안 돌아보고 도망쳤다.

"꼭 그래야겠어?"

이미 결정 난 마음이라는 걸 알면서도 라도는 혹시나 하고 물었다.

"네가 뭘 원하는지 알아. 하지만 이게 최선이야. 아까 날 구해 준 은혜는 꼭 갚지."

말릴 수 없다는 걸 알기에 라도는 한 걸음 물러났다. 그리고 보리와 함께 개 공장으로 내려갔다.

탈출

　　남자들이 비닐하우스에서 이동식 케이지를 여러 개 들고 나왔다. 케이지는 트럭 짐칸에 실렸다. 꼬물거리는 작은 새끼들이 케이지 안에 있었다.

　　"가자!"

　　트럭이 떠나자 보리와 함께 비닐하우스 안으로 들어갔다. 새끼들이 떠나서 그런지 분위기는 한껏 가라앉아 있었다.

　　"보리."

　　라도가 부르자 보리가 눈을 반짝이며 바라봤다. 언제나 변함없는 눈빛에 라도는 마음이 차분해졌다.

　　"나, 여기 있는 애들 전부 탈출시키고 싶어."

보리가 놀란 눈을 했다. 그러나 놀람은 그리 오래가지 않았다.

"애옹, 네가 그 말을 안 했으면 내가 하려고 했어."

보리가 반달 눈을 하고 웃었다. 라도는 배부르게 먹이를 먹을 때처럼 기분이 좋았다.

"네가 있어서 낼 수 있는 용기인 거 알지?"

"애옹. 당연하지. 우린 영혼의 친구잖아."

보리가 턱을 치켜들며 말했다.

라도는 곧장 금빛털에게 갔다. 그리고 계획을 말했다.

"놀랍군. 우릴 위해 목숨을 걸다니. 하지만 사람들은 그리 만만한 존재가 아니라네. 생각 이상으로 잔인하다고. 그러니 죽을 각오가 아니라면 처음부터 시작도 하지 말게나."

금빛털이 고개를 돌렸다.

"그러지 말고 도와줘. 시도라도 해 보자."

라도가 케이지를 잡고 매달렸다.

"제안은 고맙지만 여기 있는 개들은 새끼만 낳다가 죽을 운명이야. 줄기차게 새끼를 낳는 용도로 쓰이다가 필요 없어지면 가차 없이 사라지는 운명. 문이 열린다 해도 일어날 기운조차 없을 거야. 너무 혹사당했거든. 설령 탈출한다 해도 밖을 지키고 있는 쪼리 무리가 가만있지 않을 테고. 그러니 처음 계획대로 친구나 구해서 나가도록 하게. 그게 현명한 행동이야."

금빛털은 삶에 의지를 잃어버린 듯했다. 할매가 죽고 난 뒤에 라도가 그랬던 것처럼. 금빛털이 마치 예전 자기 모습 같아 라도는 마음이 무거웠다.

"쪼리는 걱정하지 마. 지금쯤 쪼리는……."

쪼리는 신경 쓸 필요가 없다고 말하려다 그만두었다. 이건 쪼리가 이기고 지는 것과 상관없는 일이었다.

"애옹, 어떡하지?"

보리가 걱정스레 물었다.

"미안해. 하지만 난 해야겠어. 그러니까 내가 문을 열면 아까 날 도왔던 것처럼 큰 소리로 외쳐 줘. 있는 힘껏 도망치라고. 부탁이야."

라도는 금빛털이 갇힌 케이지의 고리를 발로 툭 밀었다. 먹이를 주기 위해서 헐겁게 걸어 놓은 덕분에 고리가 쉽게 빠졌다. 라도가 고리를 빼면 보리가 문을 열었다.

"정말 고집쟁이들이 따로 없군."

금빛털이 절레절레 고개를 흔들었다.

"그 말은, 우릴 도와준다는 뜻이지?"

보리가 신이 나서 물었다. 금빛털은 입을 앙다물더니 밖으로 나왔다. 그리고 옆 케이지에서 떨고 있는 말티즈를 물끄러미 봤다. 엎드려 있던 말티즈가 왕방울 같은 눈동자를 굴리며 금빛털을 바라봤다.

"우리가 포기한 희망을 물고 온 친구들이네. 그러니 이들이 문을 열면 젖 먹던 힘을 다해 밖으로 뛰어나가세. 그렇게라도 다시 희망을 품어 보자고."

금빛털이 하우스가 떠나가라 소리쳤다.

"나와! 모두 다 나오게나!"

금빛털 말에 축 늘어졌던 개들이 고개를 들었다. 라도는 신이 나서 힘차게 케이지를 열었다. 하지만 문이 활짝 열려도 개들은 밖으로 쉽게 나오지 않았다. 하나같이 겁먹은 눈이었다. 보다 못한 금빛털이 뛰어가 개들을 밖으로 밀어냈다. 한 마리가 나오니 다른 개들도 슬금슬금 나왔다. 두 마리, 세 마리……

"라도, 내가 말하지 않은 게 하나 있는데."

라도가 금빛털을 멀뚱히 봤다.

"내 이름은 만복이라네. 금만복!"

금빛털이 한쪽 눈을 찡긋했다.

"만나서 반가웠어, 금만복. 다시 만날 수 있길 바랄게."

라도 말이 끝나기 무섭게 금만복은 몇몇 개들을 데리고 밖으로 뛰쳐나갔다. 라도는 금만복을 향해 꼬리를 흔들었다. 닫힌 마음의 문을 활짝 연 금만복처럼 라도는 보리와 함께 모든 케이지의 문을 활짝 열었다. 그리고 마지막으로 코털에게 갔다. 코털은 소란 속에서도 여전히 새끼를 품고 있었다.

"코털, 이제 너도 나와. 쟈칼이랑 같이. 어서!"

라도가 문을 열고 새끼의 목덜미를 물었다. 코털이 벌떡 일어났다.

"괜찮을까?"

"애옹! 당연히 괜찮지. 넌 우리랑 그렇게 다녀 놓고도 모르겠니?"

언제 왔는지 보리가 와서 큰소리를 쳤다.

"잠깐, 라도. 비닐하우스 가장 안쪽에 비밀 공간이 있어. 거기에 지금 내가 품고 있는 새끼의 어미와 형제들이 있어. 그 애들도 구해 줘."

라도는 야무지게 꼬리를 흔들었다. 어차피 시작한 일, 누군가를 더 구한다고 해서 달라질 건 없었다. 시작했으면 제대로 끝을 맺어야 했다.

"보리, 코털이랑 쟈칼 데리고 나가. 남은 새끼들이랑 어미 개는 내가 구할게."

"애옹, 조심해!"

보리가 쟈칼의 목덜미를 물었다. 코털과 함께 주춤하던 개들이 한꺼번에 몰려 입구로 향했다. 그러자 수돗가에 있는 물통이 엎어지고 말았다. 물방울이 사방으로 튀었다.

지지직!

피복이 벗겨진 전깃줄에서 불꽃이 튀었다. 작은 불똥이 비닐로 옮겨져 순식간에 큰불로 변했다.

누군가가 불이야! 하고 외쳤다. 도망치던 개들이 놀라서 우왕좌왕했다. 비닐하우스 안으로 들어가던 라도는 수돗가 주변으로 번진

불을 보고도 안으로 뛰어갔다. 하우스 구석에 새끼들에게 젖을 먹이는 모견 한 마리와 새끼 네 마리가 있었다. 비글인 어미 개는 라도를 보자마자 사납게 짖었다.

"불이 났어. 도망쳐야 해!"

라도는 무작정 새끼 한 마리를 입에 물었다.

"이게 무슨 짓이야?"

어미가 앞발로 라도를 공격했다. 휘두른 발톱에 얼굴이 쓰라렸다.

"지금 나가야 해. 안 그러면 다 죽어."

라도는 상처는 아랑곳하지 않고 새끼를 물고 무작정 뛰었다. 비닐하우스 안이 시커먼 연기로 가득해서 입구가 어딘지 알 수가 없었다. 너무 매캐해서 숨이 턱 막혔다.

간신히 연기를 뚫고 라도가 밖으로 나오자 보리가 달려와 새끼를 건네받았다.

"라도, 무사해서 다행이야."

홍도 함께였다. 쪼리는 안 보였다.

"비닐하우스는 불에 약해서 금세 타 버릴 거야. 여기서 일단 도망치자."

홍이 또다시 불길 속으로 들어가려는 라도를 막았다.

"안 돼. 저 안에 어미와 새끼들이 더 있어."

"너야말로 안 돼. 위험하다고."

라도는 걱정 말라며 힘주어 말한 뒤 몸을 물에 적시고 비닐하우스 안으로 뛰어들어 갔다. 비닐하우스 안은 그야말로 아수라장이었다. 매캐한 연기를 뚫고 라도는 어미 개에게 갔다. 어미는 여전히 겁에 질려 떨고 있었다.

"나도 도울게."

뒤따라온 홍도 새끼를 한 마리 물었다. 라도, 어미 개, 홍이 차례로 새끼를 물고 불길을 피해 입구로 달려갔다. 시커먼 연기와 불에 녹아서 떨어지는 비닐을 피해 밖으로 나온 셋은 곧장 바닥에 쓰러졌다. 연기를 너무 많이 마신 탓이었다.

"막내, 막내가 없어!"

어미 개가 울부짖었다. 입구에서 새끼를 놓친 거였다. 다시 비닐하우스 안으로 뛰어들려는 어미를 라도가 막았다.

"그 몸으로는 안 돼. 내가 다녀올게."

뼈가 보일 정도의 심각한 화상을 입은 어미 개를 막아서며 라도가 단호하게 말했다.

"라도, 이번에는 내가 갈 수 있게 해 줘. 이게 다 나로 인해 생긴 일이잖아."

홍이 라도 앞을 막았다.

"이게 왜 네 잘못이야?"

"아냐. 내 잘못도 커!"

홍의 눈동자가 어느 때보다 붉
게 타올랐다.
"죽을 수도 있어."
"내가 말했잖아. 한때는 정말 괜찮은 경찰
견이었다고. 내가 얼마나 실력 좋은 놈이었는

지 제대로 보여 줄게."

홍은 경례를 하듯 크게 짖더니 비닐하우스 안으로 뛰어들었다. 홍이 들어가고 곧 비닐하우스 입구가 무너져 내렸다.

"안 돼!"

보리가 소리를 질렀다. 라도도 그 자리에 주저앉았다. 불과 몇 초 전만 해도 자기를 똑바로 바라보며 자신감을 보이던 홍의 얼굴이 아른거렸다. 어미 개도 오열하며 남은 새끼들을 품에 안았다. 온몸이 바르르 떨렸다. 새끼들은 젖을 찾아 어미 품으로 파고들었다.

불은 마당까지 번져 주변에 널브러져 있는 쓰레기 더미로 옮겨붙

었다. 주황 지붕 집도 불길을 피하지 못했다. 그렇게 모든 것이 활활 타올랐다.

언덕으로 도망친 라도 일행은 얼마간 홍을 기다렸다. 하지만 홍은 끝내 나타나지 않았다.

"책임감 없는 놈!"

코를 훌쩍이며 보리가 말했다.

"홍은 운이 억세게 좋아서 죽지 않고 살아서 새끼를 구했을 거야. 그리고 멋진 놈이라서 멋지게 나타나려고 조금 늦는 건지도 몰라."

까만 재가 바람을 타고 멀리멀리 날아갔다.

"다들 이리 좀 와 봐."

새까만 잔해를 치우던 소방관들이 한곳으로 우르르 몰렸다. 버려진 낡은 캐리어 앞이었다.

"세상에, 이 새끼들 좀 봐."

소방관들이 캐리어 안에서 놀고 있는 새끼들을 흐뭇한 눈으로 바라봤다.

"근데 개 공장 개들은 다 죽었다고 하지 않았어? 누가 어떻게 새끼들을 구한 걸까?"

"어미겠지."

키 큰 소방관이 화상을 입은 어미의 다리를 살피며 말했다. 어미

131

개는 발을 빼더니 새끼들을 감쌌다.

장갑을 낀 소방관이 재를 뒤집어쓴 새끼 한 마리를 안아 올렸다. 새끼가 버둥거리자 어미 개가 낑낑거렸다. 소방관이 도로 새끼를 내려놨다.

"여기 있는 사람들은 불법으로 개 공장을 운영한 죄로 지금 유치 장에 있고……. 얘들을 어떻게 하지?"

"일단 우리가 데려가는 게 어때? 여기 있으면 다들 굶어 죽을 거 야."

소방관 말에 어미 개가 컹컹 짖었다. 소방관이 흠칫 놀라며 겁을 먹었다.

"어이쿠, 새끼들 데려갔다가는 어미한테 크게 당하겠는걸!"

그 말에 소방관들이 껄껄 웃었다. 새끼들의 서리태 같은 까만 눈동자가 햇빛에 빛났다.

불에 타다 만 기계 뒤에 숨어 소방관들이 나누는 대화를 듣던 라도, 보리, 코털은 서로를 봤다.

"우리도 가자."

언덕에 오른 셋은 아무 말도 없이 아래를 내려다보았다.

섬숲 한쪽에서는 여전히 포클레인이 땅을 파고 있다. 땅따먹기를 하는 것처럼 섬숲을 야금야금 집어삼키는 포클레인은 지치는 법이 없다. 사람의 욕망이 지치지 않는 것처럼.

"보리, 이제 엄마를 찾아봐야지."

라도가 보리를 쳐다봤다. 보리는 잠시 말이 없었다. 라도는 재촉하지 않았다.

"나 결심했어. 엄마 안 찾을래. 남 말처럼 각자의 자리에서 열심히 사는 게 중요하잖아. 내가 잘 살면, 어딘가에서 엄마도 잘 살 거라고 믿어."

라도는 고개를 끄덕였다. 다만 보리가 더는 죄책감을 느끼지 말고 명랑하고 당차게 살기를 바랐다.

"코털, 너는?"

"나, 난······."

코털이 아까부터 내내 한곳을 바라봤다. 아기 쟈칼이 있는 개 공장 쪽이었다.

"애옹, 너 괜찮아?"

"쟈칼은 내가 자장가를 불러 줘야 잠을 잘 자는데."

코털은 끝내 울고 말았다. 라도는 코털이 울음을 그치기를 기다렸다. 보리는 코털 옆에서 혀로 털을 쓱쓱 쓰다듬어 주었다.

"뱃속 새끼들을 잃고 정말 고통스러웠어. 그때 쟈칼이 없었다면 아마 난 견디지 못했을 거야. 그래서 말인데······ 나 그냥 쟈칼한테 갈래. 어미 개가 내쳐도 상관없어. 먼발치에서라도 그 애가 건강하게 크는 걸 보고 싶어."

라도는 놀라지 않았다. 코털이 쟈칼을 품고 있을 때부터 예상했던 일이었다.

"애옹, 네 의견을 존중해. 가서 부디 잘 살아. 쟈칼 잘 키우고."

보리가 코털 가슴에 얼굴을 비볐다.

"라도, 보리! 우리 또 만날 수 있겠지?"

라도는 터져 나오려는 울음을 참고 싱긋 웃으며 고개를 끄덕였다.

"그때까지 건강해."

코털은 차례로 친구들의 얼굴을 핥았다. 그리고 언덕 아래로 힘껏 달려갔다. 보리는 코털이 사라진 쪽을 한참 동안 바라봤다.

"우리도 가자!"

라도가 말했다.

"애옹, 다시 유리도시로?"

"무슨 소리야? 당연히 이곳 섬숲이지. 여기 오는 친구들이 실망하지 않게 우리가 조금씩 바꿔 보는 거야. 어때?"

"형님이라고 하면 생각해 볼게."

"네, 고양이 형님."

라도 말에 보리가 크게 웃었다. 라도도 오랜만에 크게 웃었다.

따뜻한 바람이 섬숲으로 불어왔다. 라도의 황금빛 털이 바람에 가볍게 날렸다. 해가 서산으로 넘어가며 라도와 보리 그림자가 길어졌다. 조금씩 회색으로 변하는 하늘에 작은 별 하나가 떴다. 개밥바라기별이었다. 라도는 별에 대고 눈을 맞추었다.

"안녕, 할매!"

라도는 꼬리를 가만히 흔들었다. 별도 라도에게 인사하듯 반짝반짝 빛났다.